我的侦探朋友

[德] 里克·帕特瓦德汉 著
[德] 蕾吉娜·肯恩 绘
蔡清雨 译

中信出版集团 | 北京

图书在版编目（CIP）数据

我的侦探朋友 /（德）里克·帕特瓦德汉著；（德）
蕾吉娜·肯恩绘；蔡清雨译 . -- 北京：中信出版社，
2023.3

ISBN 978-7-5217-3047-0

Ⅰ . ①我… Ⅱ . ①里… ②蕾… ③蔡… Ⅲ . ①儿童小
说－中篇小说－德国－现代 Ⅳ . ① I516.84

中国版本图书馆 CIP 数据核字（2022）第 214573 号

我的侦探朋友

著　　者：［德］里克・帕特瓦德汉
绘　　者：［德］蕾吉娜・肯恩
译　　者：蔡清雨
出版发行：中信出版集团股份有限公司
（北京市朝阳区东三环北路27号嘉铭中心　邮编　100020）
承 印 者：宝蕾元仁浩（天津）印刷有限公司

开　　本：889mm × 1194mm　1/32　　印　　张：4.5　　字　　数：80千字
版　　次：2023年3月第1版　　印　　次：2023 年3月第1次印刷
京权图字：01－2023－0055
书　　号：ISBN 978-7-5217-3047-0
定　　价：28.00元

目录

和艾薇成为队友

要是我和艾薇没变成朋友，一切肯定会大不一样。这是三年级时候的事，说起来，我俩的友谊“还得怪”施密特老师。艾薇在那天又一次飞快地用手肘顶顶皮特的身侧。于是，施密特老师说：“艾薇，够了！从今天起你就坐尼尔斯边上吧。”

然后她深深地叹了一口气，拂开额上的头发，转向了我。

“尼尔斯，你们能好好相处对吧？你可是个好脾气。”

我思忖着“好脾气”是不是和“害羞”的意思差不多，因为人们总是这么形容我。虽然我并不清楚这之间的差别，

但出于谨慎，我还是点了点头。艾薇收起她的书本。作为告别，她又拿手肘顶了顶皮特的肋骨，然后一路叮叮咣咣地来到我身边的新座位上。我小心翼翼地向旁边挪了挪，并用眼角的余光观察着她。

艾薇可是一个有趣的观察对象。她总是活蹦乱跳，而且和我认识的其他所有小孩似乎都不一样。她说话大声，顶着一头像鬼怪奇珀尔[①]一样乱糟糟的头发，还戴着一副眼镜。如果她生气了，就会板着脸透过眼镜盯着人。她生气可是家常便饭。一发作起来，她要不大喊大叫，要不就乱打一

---

①奇珀尔（Zippel），德国作家亚历克斯·吕勒（Alex Rühle）创作的儿童文学作品《奇珀尔，一个真正的城堡幽灵》（*Zippel, das wirklich wahre Schlossgespenst*）中的形象。

通——被她打到，那可挺痛。她那直戳肋骨的功夫，可是在整个学校都出了名的。

我确信，除了我以外，艾薇和班上所有人都吵过架。这或许就是施密特老师所说的我的好脾气吧。当艾薇把她的文具和课本摊开后，桌上几乎没有我放书的地方了。她长长地呼了一口气，晃着双脚，在小纸条上写着什么，接着又把纸条推给了我。我观察了一下施密特老师有没有注意到我们，然后才小心地打开纸条，看了起来。

“**俄**[①]俩组一个小队吧？”纸条上横着一排七扭八歪的字。我根本不敢回传纸条，因为施密特老师又把目光投向了我们，而且我也不知道该怎么回答。我当然想加入一个队伍。班里所有的人都在一个队伍里，只有艾薇和我不在其中。那个队伍名叫“22个问号”，是皮特和苏菲成立的。但成立那天我和艾薇都生病了。我确信，他们故意选在那天成立小队，是因为谁也不想让艾薇加入。第二天，皮特还充满歉意地看着我说道，可惜队伍满员了，22个成员已经是极限了。

---

①艾薇写了一个错别字。她把“我”错写成了“俄”。原文用拼写错误来表现。

这下，艾薇要组自己的队伍了。还是和我！我思索着和艾薇组队会是什么样的场景。但留给我思考的时间可不多，因为艾薇趁我不注意，顶了顶我的肋骨，并怀疑地看着我。我一耸肩，算是答应了她。她便一把抓过纸条，又在上面一通乱画，再传给了我。

“两点半，第一次小队碰面。在尔[①]那儿。我来。”

写错别字可是艾薇的强项，至少施密特老师每次改完艾薇的作业都是这么评价的。老师还总是叹着气补充说，还好艾薇也有别的优点，至于是哪些优点，老师倒也从没提过。就因为错别字，艾薇还要去补课。除此之外，她还去一个名叫“作业爱尔克”的女士那儿，做一种所谓的“作业治疗”[②]。不过艾薇从不透露自己在那儿都做些什么。

这就是我们小队的开端。但我对下午将发生的事又有些惴惴不安。

放学后，我如往常一样去外公外婆家。他们就住在我家隔壁，以方便照顾我，因为爸爸妈妈下午还要上班。

当我按门铃时，空气里飘来新鲜出炉的蛋糕的香气。我

① 艾薇又写了个错别字。她把“你”错写成了“尔”。

② “作业治疗”指通过有目的性的活动来协助接受治疗者恢复身体、心理健康。在德国存在这一类治疗中心。

的外婆可是烘焙狂热爱好者，所以这香气一点儿也不稀奇。

外公打开门，笑容满面地看着我。

“嘿，我的小娃儿，”他说，“有什么大作？”

就算今天根本没有艺术课，只要外公想知道别人今天过得怎么样，这就是他问候的口头禅。

“我很好，”我放下书包说道，“今天下午有人要来找我。艾薇要和我成立一个小队。”

外公若有所思地注视着我。

他说：“我还从来没听你提起过艾薇。”这也没错。实际上，除了偶尔和一些男生相约去踢足球，我还从没把别的孩子带回家里过。

“她友好吗？”外公问道。

我思考着。该怎么和外公解释艾薇是个什么样的人呢？

我说起艾薇。“她总有好多聪明主意。”这也是施密特老师形容她的话。“而且，她兴奋起来像团烈火。有时候她也打人。或许你也要小心——她的手肘攻击可是让四年级的人都害怕。”我觉得这就是大家应该知道的关于艾薇的全部事情了。

“啊哈，”外公冲我眨眨眼说，“那至少不会无聊了。”

他走出去，从厨房取来了午餐。外婆不仅烤饼干有一套，做饭也是一流。每次我从学校回来时，饭都已经做好了。外婆会煎饼，做牛奶甜饭，还有番茄酱拌面，以及所有我爱吃的东西。不过有时候，她也做些有着奇奇怪怪名字的菜，比如弗林森、克伦可儿慕斯[①]。外婆说这是她小时候吃过的东西，但我还是更喜欢正常的食物。幸运的是，艾薇和我组建小队的那天，有美味的牛奶甜饭。

没等我吃完饭，门铃就催促起来。我按下开门键，按键吱吱响后，楼道里就传来了一阵轰隆声——艾薇来了。她身后拖着个购物袋，每上一级台阶，袋子都咚咚作响。

外公外婆从门后看过来，友善地打招呼，但寒暄可阻挡不了艾薇。她只是点点头作为简短的回应，便又转向我。

“东西我都带全了。”她意味深长地甩着袋子。

我却对此一头雾水。

“组队用的。”艾薇一脸不耐烦地看着我，把袋子重重甩在饭桌上，差点就让我装着牛奶甜饭的盘子遭了殃。外公外婆慢慢走去了客厅。

艾薇把头埋进大袋子里，从里面掏出一把小刀和一瓶消毒喷雾。

---

① 弗林森（*Flinsen* 音译）是一种土豆饼，克伦可儿慕斯（*Klunkermus* 音译）是一种牛奶慕斯甜品。

我还是有些蒙。艾薇一把抓起刀凑到我的鼻尖下，皮革刀鞘的气味一下就蹿入了我的鼻腔。

“这是我爸爸钓鱼时用的刀，”她骄傲地说道，“无比锋利。”

我看着艾薇生生把刀拽出刀鞘，十分不安地问：“我们要用它做什么？我们又不是要组一个钓鱼小队，对吧？”

“胡说什么，”艾薇在我眼前挥着明晃晃的刀，“我们要歃血为盟！这是组队的规矩。”

我向后退着躲开。

“就用这东西？”

“那当然！”艾薇已经用右手举起我的手臂，并且用左手抓着消毒液一通乱喷。别说我的手臂，就是别的地方也被消毒液弄得湿漉漉的，以至于我们都忍不住打起了喷嚏。万幸的是，就在艾薇大声“阿嚏”时，我逃脱了她的双手。我飞快地把手臂绞在身后，向客厅门处退去。

“这可是组队时必须做的事！”艾薇盛气凌人地对我说，“这一点儿也不疼的。如果我们好好消毒，也不会发炎的。”

艾薇的妈妈是医生，所以艾薇总是对这类话题头头是道。我真是不知道该对此怎么作答。好在这时候外公从客厅走了出来。

“这是把好刀，”外公认可地说，“用来钓鱼吗？”

艾薇点点头。

“如果是用来歃血为盟，它也够锋利，肯定一下就能成功。”

外公从艾薇手中拿过刀，细细端详起来。

“歃血为盟这类事嘛，”他说，“我们以前也做过。瞧瞧这儿。”

外公高高卷起身上老式衬衫的一只袖子，给艾薇看他那粗长而凹凸不平的疤痕。

“噢！”艾薇拉过外公的手臂，观察起那道疤。她看得如此仔细，以至于我觉得她的鼻子下一刻就要撞上去了。

我早就知道这道疤的存在，但奇怪的是，外公以前总对我说，这是因为他有一次摔断了胳膊，伤口愈合不好才留下的。

如果我没看错的话，艾薇让她的鼻子离开外公的手臂时，就陷入了沉思。

“歃血为盟时，我的朋友弗雷迪差点就失去了手臂，”外公一边说着一边放下卷起的袖子，“他可是差点要截肢了呢！”

当外公重新把刀递到艾薇手中时，我开始头晕目眩。

“当然，现在的刀好用多了，”外公笑着说，“而且还有消毒喷雾的保护……但是……”

“会怎么样？”艾薇不解地看着外公问道。

“歃血为盟难道不是早就过时了吗？为了友谊一起干杯不是更好吗！”

艾薇的眼珠在外公和刀子之间滴溜溜地打转。她满怀期待地问：“那要喝点什么呢？”

“可乐！”我用最快的速度回答道，因为我清楚，要是有什么能让艾薇放弃歃血为盟这个主意，一定是可乐。妈妈告诉过我，艾薇的父母不觉得甜食是什么好东西——他们相信，艾薇总是动个不停，吃甜食无疑是火上浇油。但我的父母并不这么想，所以总有那么几瓶可乐藏在我家柜子里。

“我去拿可乐！”我一边喊一边跑向客厅。我确信，不管怎样，外公总会有办法让艾薇放弃“持刀行凶”。

当我抱着一大瓶两升的可乐回来时，沙发上艾薇正乖乖地坐在外婆和外公中间。她手中没有刀，反倒是拿着一只外婆的纤细香槟杯。桌上的盘子里正躺着一块家里烤的黄油蛋糕。

这是外婆外公家每天下午的老习惯，叫作“惬意时光”，一般我必须先做完作业才能享受。但今天是一个例外——或许是外婆和外公要保护我免受歃血为盟之苦吧。

“你们要组一个什么小队呀？”外公一边分着蛋糕一边问，“小队不是一般都有什么特殊任务吗？至少我以前的经历都是这样的。”

我瞟向艾薇。说实话，我其实以为艾薇早就有了确定的想法。但艾薇只是耸了耸肩，几乎要把整块黄油蛋糕都塞进嘴里。

“要不组一个侦探小队？”我这么建议，因为我觉得侦探小队酷极了。

艾薇坚决地摇了摇脑袋。

“那些讨厌的‘问号’已经要这么做了，”她嘟囔说，“我们当然要超过他们。”

“那做什么呢？”我问。

“随便，”艾薇喃喃道，蛋糕屑从她嘴里蹦了出来，“我会想出个主意来的。”

“那是当然，”外公回答说，“船到桥头自然直。”

有时候外公会说低地德语[①]，这句“船到桥头自然直”就相当于“一切一定会顺利的”。

当然，一切也应当如此。

① 低地德语为德国北方的方言。

班里来了新同学

又是因为施密特老师的缘故，任务在第二天就来了。老师一上课就叫我们聚在一起。

“我有个惊喜，”施密特老师神神秘秘地说，“今天大课间休息后，你们马上就会有个新的女同学。”

班里一下子就炸开了锅，大家讨论着新来的女生叫什么，她为什么来我们班，她来自哪里，等等。

施密特老师连拍了三次手——当她要我们安静下来时总是这样做——然后说那个女孩叫莉娜，之前在难民班级，其他的信息我们之后就会知道。

当我们回到座位上时，皮特喊道：“噢，不，我们好不容易也分到了一个难民同学，但怎么是个女生啊！她肯定不会踢足球呀！”

我们班期盼能有一个难民同学，已经盼了好久，而且我们为新来学校的同学们做了很多好事：捐旧衣服，组织捐款，等等。但我们就是还没分到一个难民同学。A 班的那些家伙都已经分到两个了，而且还是两个特别会踢球的同学。正因如此，A 班才在足球比赛中拿了第三名。我们已经向施密特老师求了好久，我们也想要一个难民同学。

对于皮特的论断，艾薇用手肘飞快地顶了顶他的肋骨来作为回应，并喊道："女生当然会踢足球！"

她拽着我回到我们的课桌边并生气地说："她叫莉娜。听名字，她肯定来自瑞典。瑞典人，尤其是瑞典女生，踢足球踢得可好了！"

"来自瑞典？"我对此很惊讶，"我还以为，难民都是来自叙利亚或者伊拉克这些国家呢。"这是我趁外婆不注意，在她和外公看电视的时候看到的。A 班的足球健将肯定不是来自瑞典，我对于这点非常笃定。

艾薇若有所思地看着我。

“你读过《伦纳贝尔的埃米尔》[1]吗？那里面也有一个莉娜。我跟你说，她就是来自瑞典。”艾薇兴奋地轻推了我一下。“你懂吗？所有瑞典人都是大个子，而且还是大力士。要不要来打个赌？我赌我们下一次足球比赛一定会赢。”

我不是一定要和艾薇吵架，但我也不能全盘相信她说的话。

“可是人们根本没必要逃离瑞典呀！我家去年在那儿度假。那里根本没发生什么不好的事，只有森林和麋鹿。人们根本不用躲着它们呀，不是吗？”

艾薇哼了一声。

“我父母去的叙利亚度蜜月。那里当时也是风平浪静，但一切都可能很快发生变化呀。”

我决定不再继续和艾薇争论。她的额头上已经鼓起了一条斜斜的皱纹。

“你已经想到要做什么小队任务了吗？”我很快转换了话题。

但这并没有让艾薇心情转好，她板着脸摇摇头。我真希望自己没提出过这个问题。

---

①《伦纳贝尔的埃米尔》是瑞典作家阿斯特丽德·林格伦的儿童文学作品，也被译为《淘气包埃米尔》。

在大课间后，施密特老师如她承诺的那样，把新同学带进了教室。我们被允许走到前面来，以便更好地认识她。当我们围站在这个叫莉娜的女孩身边时，她很紧张地盯着地板。不知道为什么，我好像很能理解她。

说实话，她看起来不像会踢足球的样子，也不像是瑞典人。她瘦瘦矮矮的，有着一头深色长发。当她盯着地板看时，额头上起了一条皱纹，我觉得她有那么一点儿像艾薇。

艾薇和我面面相觑，她噘起下嘴唇，耸耸肩。

施密特老师将双手放在女孩肩膀上。我似乎看见，女孩额头上的皱纹好像更深了。

“这是莉娜，”施密特老师用非常欣快的语气说道，“她和她的父亲是从叙利亚来到我们身边的，她还不能很好地说德语。你们有什么问题想问她吗？”

皮特马上挤到前面，从头到脚打量着莉娜。

“你踢足球吗？”他清楚而大声地问道。

我不太确定莉娜是否听懂了他的问题，因为莉娜一开始什么都没回答。然后她又很用力地摇了摇脑袋。皮特轻轻叹了口气，又挤到后面，站到了他的朋友们身边。

“还有谁想问什么吗？”施密特老师问。

苏菲举起了手。

“你的妈妈在哪儿呢？”她问道，“她没有一起来吗？”

莉娜缩着肩，用沉默作为回答。苏菲用求助的眼神望向施密特老师，而老师却突然有力地摆了摆手说我们也不用这么好奇，现在可以回到自己的座位上去了。

所有女生都抢着想坐在莉娜身边，但施密特老师却让她坐到了我的另一侧。她没有说这样安排是否也是因为我的好脾气。到目前为止，莉娜看起来不像是需要“好脾气”来平复心情的人。

我们两个人都一声不吭地盯着前方，我根本不知道该开口说什么。当施密特老师分发作业时，我递给莉娜一份，说了“喏，给你”或者“请”之类的话。我真希望施密特老师能安排莉娜坐在艾薇身边，因为艾薇肯定知道要聊些什么。

课间休息时，苏菲和问号小队的几个女孩跑过来，拉着莉娜去了学校操场，艾薇的目光随之而动。

“让我们看看她们要做什么。”她建议道。于是我们快速地跟上了那些“小问号”。苏菲拉着莉娜的手，懒洋洋地走过操场。其间，她还一直说着奇奇怪怪的话，比如，“树。这是一棵树。来，跟我说，树。”

莉娜甩开了苏菲的手。如果我没看错的话，她额头上的皱纹更加深了，并且她坚决不念出“树”的读音。

树!

艾薇响亮地嗤了一声，问道：“她们是疯了吗？就算她不会踢足球，也够让人同情的。”

中午回家时，艾薇跟在我身边。

“你不留在学校吗？”我这么问是因为她平时下午有辅导课。她摇摇头。

“那你在哪儿吃午饭？”我继续问。

“在你那儿呀，”她有些吃惊地回答道，“我们是一个团队呀。我妈妈说，我可以在你家吃饭。”

我希望艾薇的妈妈已经和我的外公外婆商量好了，因为我的外公外婆总是一切按计划行事。但要是艾薇的妈妈有那么一丁点儿和她女儿相像的话，我就有点儿担心了。

现在趁着和她并排走路的时候，我要和她商量一件重要的事。

我问：“我们的小队要叫什么呀？”虽然我根本不敢奢望艾薇会接受不符合她想法的其他提议，但我还是半夜都在冥思苦想小队的名字。可惜的是，艾薇一边走路一边嫌弃地回答。

“我们根本不需要队名，只有傻瓜才取队名。22个问号，呸，谁要叫这个名字。”

其实我觉得这个名字挺好的，但我还是决定不告诉艾薇我的想法。

当外公给我们开门时，他看起来并不像知道艾薇也要来吃午饭的样子，但是他仍然看起来很高兴。

“看看谁来了，小小钓鱼娃儿，今天有什么大作吗？”

外婆也从一角探出头来张望，开心地笑着。

“你也一起吃饭吧？”她又在桌上添了一个盘子。

艾薇愉快地点点头。

“我们现在是一个团队的，”她说，“当然要一起做所有事，包括吃饭。”她一把掀开外婆用来保温而放在汤碗上的盖子。当她的鼻子离开汤碗时，她看起来满意极了。

“我觉得，你家的饭菜可比学校的好吃多了。”她对着外婆笑意盈盈，外婆也微笑着回应。我早就在施密特老师那儿注意到了这一点。不管艾薇怎么胡闹，只要她一笑，施密特老师就不生气了。

“今天我们班来了一个新同学。”我说道。外公外婆总是好奇所有的新鲜事，因为他们在家里没有那么多新体验。

“一个难民，”艾薇小口吸溜着滚烫的汤，“她叫莉娜。”

外婆和外公交换了一个眼神。

外公问道：“她友善吗？”

我和艾薇也互看了一眼。

“不知道，”艾薇说，“她不声不响的。”

吃完饭，外婆让我们帮忙采买东西，因为外公要去看医生。

“那当然，”艾薇从外婆手里一把抢过购物袋，“我们可是好队友，要互帮互助，不像某些队伍那样。”

“我们或许可以组一个助人小队。”我在出门后又建议道。

艾薇看起来似乎在思量着这个建议的可行性，尽管这并不是她的主意。但她的决定又是毁灭性的。

“太无聊了，童子军已经这么做了，我们自然要搞点新鲜的。”

这真是一个坏消息。我其实心里还是觉得，我们能组成一个侦探小队就最棒了。那 22 个“问号”悄悄潜行经过校园的模样，看起来总是那么郑重其事。但艾薇却已准备好，针对组队的可能性发表长篇大论了。

“要不组一个动物保护小队，”她说，“我们可以把动物们从动物园里放出来，虽然……肯定有人已经这么做了，我确信。要不去解放那些关在监狱里的人，怎么样？我觉得肯定还没有很多人做过这个……”

“但我们怎么知道哪些犯人是无辜的呢？”我打断了她。

我的父母是法官，根据我从他们那里了解到的事，这可能会很复杂。

艾薇只是耸了耸肩。

我对这项任务可没什么兴趣。它听起来就像是一桩不能做而且极其危险的事。但要让艾薇放弃这个主意，似乎也是一件冒险的事。好在这时我看到施密特老师从街对面向我们走来。

“快看，”我飞快地说，“施密特老师在朝我们走来。”

“遇到您真是太棒了！”施密特老师向外婆的方向喊道，“尼尔斯、艾薇，你们好啊！”然后她喋喋不休地跟外婆聊起天，直到我头昏脑涨。她说莉娜来了我们班，但莉娜的妈妈却不得不因为要照顾生病的外婆而留在叙利亚，现在还生死未卜。在可怕的战争中，许多人被迫颠沛流离，经历家人的分离。施密特老师就像平时一样，说话无比大声，整条街的人都听得一清二楚。我不禁疑惑，这样对莉娜真的好吗？至少我不这么觉得。

“总要有人照顾这个可怜的小家伙吧，”施密特老师喊道，“好好教她德语，引导她，这样她才能尽快融入呀。不过这肯定没问题的，我们班的小女生们都非常乐于助人。”

“噢，不会吧，她在说苏菲。”艾薇对我咬耳朵道。

在后面的路途中，外婆看起来心事重重。

“你们老师真是个特别的人。”外婆一边摇头一边说，“战争带来了多少苦难啊！”

艾薇好像也在思考着施密特老师说的话，她在我身边默默地走了一阵，然后出乎意料地用手肘轻轻地顶了顶我的肋下。

“莉娜不知道自己的妈妈是不是活着，”她轻声说，“天哪，天哪……怎么会……”

她没有再说下去，我也不知道自己该回应些什么，只得点点头。之后的路上，艾薇一直若有所思地盯着前面的路面。

买完东西后已经三点半了，又到了惬意时光的时间。外公说，我们就算没有做作业也够辛苦了，应该休息一下，他知道买菜很累人。

“你们已经想好小队任务了吗？”当我们都围坐在客厅茶几边时，外公打听起来。

“当然。”艾薇一边往嘴里塞满食物，一边回答道。

我瞪大双眼看向她——我根本还没有同意要去解放监狱里的人。

“进展迅速呀，”外公挑高了眉毛，“那你们打算做什么呢？”

“融……啊……呜……”艾薇的嘴里还是满满地塞着饼

干。外婆和外公向我投来求助的目光。

“我们要解放关在监狱里的无辜的人。”我解释道。

艾薇终于咽下了一口饼干，心满意足地舔舔嘴唇，用力地摇了摇头。一些饼干屑又四处逃窜开来。

“胡说！这件事别人都做过了。我们要让人融入。”

“啊，什么？”外公瞪大了双眼。“你们要让谁融入呀？”他又追问道。

“当然是莉娜。”艾薇作答的语气让这个问题显得特别多余。

我的脑袋里一片嗡嗡声。艾薇怎么把主意从之前的收监人员打到了莉娜身上？我根本不知道融入是什么意思，即使所有人都在不停地说难民应该融入。天知道我俩应该做些什么。

外婆打断了我脑中思绪的“旋转木马”。

“如果莉娜不想融入的话，该怎么办？”她问道，“你们问过她的想法吗？”

我觉得这个问题非常多余。实际上，人们从每个角落——尤其在电视里——都能听到这个说法：不管难民愿意还是不愿意，他们必须融入。

艾薇却好像认真地思考起外婆的提问。

“还没有，”她承认道，“但总有人要照顾莉娜，施密特老师是这么说的。要教莉娜德语和让她融入。如果我们不这么做，别人也会这么做。”她倔头倔脑地噘起下嘴唇，模仿着苏菲的声音，“‘树。这是一棵树。来，跟我说，树。’谁愿意用这么蠢的方式来融入啊？”

这下外婆不知再回应什么是好，只是轻轻会心一笑。

好在外公终于提了一个让我一直思来想去的问题。

“那你们要对她做什么……怎么让她融入？”

“我们当然要带她来这儿。”艾薇盯着外公，好像她的回答是这世界上最符合逻辑的答案，“我们一起吃饭，一起做作业，还有一起玩。”

“全都在这儿？”说实话，听到这话外公看起来有些吃惊。

“当然。这里是我们的小队会合点。”

外公歪了歪头，我觉得他似乎想再追问些什么，但这次还是外婆更快。

“那就开始吧，”她说，“这完全没问题。”

我们正在做的事

怪吧，又是由于施密特老师的缘故，把莉娜带到我的外公外婆家确实不再有问题。这么说吧，这是因为艾薇和施密特老师结成了联盟。

第二天，她径直去找了施密特老师，并宣布了我们的融入计划。她没提关于小队的种种事情，只说了我们俩会照顾莉娜。施密特老师很受感动的样子。她试图摸摸艾薇的头，但艾薇飞快地扭开了脑袋。老师叹了一口气，转过来抚了抚我的头。她说她早就知道我们俩很特别，她会和莉娜的爸爸商量的。

我不知道施密特老师如何说服了来接莉娜回家的爸爸。总之，她跟着我和艾薇走了。她看起来并不是很开心。但施密特老师和艾薇一样——最终人们都会按她们的意愿行事。

我俩和莉娜经过皮特、苏菲身边时，他们很生气地看过来。艾薇胜意满满地抬起鼻子。

“傻瓜！”艾薇说得好大声，谁都能听见，“两个笨蛋。跟我说：笨蛋！”

我觉得这样很刻薄，但我还是忍不住偷笑。莉娜的嘴角好像也在抽动，但她还是直勾勾地盯着前面。

在回家的路上，艾薇不停地对莉娜说话。她不停地问着各种问题，莉娜却根本不作声，而这似乎也没有让艾薇感到不快。

“你究竟为什么叫莉娜？你压根就不是来自瑞典呀！”

“你是不是应该说得慢一点儿？”我建议道。

“胡扯！”艾薇说，“她应该学真正的德语，而不是‘懒鸭子德语’[①]。”

这时莉娜转过身，坚定地看着我们说：“为什么是瑞典？在叙利亚有很多女孩子叫莉娜。这是一个阿拉伯语名字。”

之后的路上她又恢复了沉默，但我和艾薇都被她说的话

①“懒鸭子”这一表达源自德语口语，意指行动缓慢、无精打采的人。

惊呆了。谁能知道，莉娜已经能听懂这么多德语了。

当艾薇按外公外婆家门铃时，莉娜看着一点儿也不想待在这里。她的额头上又皱起一条斜斜的皱纹。

艾薇用手肘把她撞向一边。

“会好的！”艾薇的声音听起来都有点安慰的意思了。“相信我，外公外婆都特别友好。”

说着这话，她再一次用力地按了按门铃。

像往常一样，又是外公来开了门，他看起来也和平常一样，完全没有因为我每天都多带一个女孩子回家而感到困扰。

“啊，小娃儿们，”他说，“今天有什么大作呀？”

“今天的作品可好了。”艾薇笑着戳了戳外公的肚子，好像她不是前天才认识外公，而是他的老熟人似的。她拉着莉娜进了屋子，又推着莉娜坐到了餐桌边的椅子上。于是，接下来的好几天都如同我们这个融入小队的第一天那样，从和外公外婆一起吃午饭开始。

之后的几周也和第一个小队日下午一样：我们在外公外婆家，一切都按部就班地进行着。

吃完饭后，外婆轰我们去做作业，而她和外公去买菜。

三点半她让我们享受一段惬意时光，之后就放我们自由了。爸爸妈妈六点半来敲门，艾薇和莉娜也回家了。

让艾薇习惯这个计划真不简单。这我也猜到了，因为施密特老师从一年级开始就试着让艾薇习惯计划。

“做作业？”艾薇吃完饭后抗议道，“我们要融入！”

但她不了解外婆。

“这就是说，先工作，然后才享受，”外婆轻轻把艾薇推回椅子上，“融入要晚一点儿再进行。”

令人吃惊的是，这好像让艾薇很受用。我觉得施密特老师真该向我外婆学一学。

不管我们有没有做完作业，外婆三点半准时从门口探出脑袋，拍拍手说："辛苦啦！来喝巧克力吧。"

当然，我们不需要去习惯惬意时光，因为外婆的巧克力和蛋糕都太美味了。那之后我们就有了自由时间。

"你们可以玩任何东西，除了带屏幕的。"外婆在第一天就这么说了。

"可以看新闻吗？"艾薇伺机问道，"这能增长知识，可以帮助学好德语。这对融入来说可好了。"

"不跟着那个学。那里面只有战争和痛苦，不是对孩子好的东西。"留下这句话后，外婆就让我们单独待着，她离开了餐厅。

我觉得有点不公平，虽然外婆一直对电视和电脑不以为然，但之前我经常看到她在看电视新闻。

"那我们现在做什么？"我问艾薇。我有一点儿紧张，因为我们本来把这当成融入小队的第一步。"我这里根本没有什么游戏能用来学德语。"

"你有什么毛病？我可不在我的自由时间里还搞什么学习游戏。这种事我在作业爱尔克那儿做够了。"艾薇在我放在外公外婆家的小玩具箱子里翻来找去，她带着胜利的眼神掏出了色子。“这就够了。我们一边玩一边融入。”

于是就这样开始了，进展出奇地顺利。在第一天下午，莉娜就学会了“豹子”“葫芦”和“顺子”[①]。那之后她的德语突飞猛进。

“这都要多亏了我那出色的闲聊技术。”艾薇骄傲地宣布道。实际上在玩色子游戏时，她废话连篇、喋喋不休。她从自己的妈妈能让人变健康，说到派发信件的爸爸，还说她很想养一条狗或者有一个哥哥，以及她未来会当一个宇航员。除此之外，她还向莉娜和我问了成千上万个问题，我根本不习惯说那么多话，回答那么多问题。莉娜一开始只用耸耸肩作为回答。但令我格外吃惊的是，几周后她几乎变得和艾薇一样爱唠叨。她也想养一条狗，以后要成为演员或者做德语老师。她的爸爸是糕点师傅，做的糕点和我外婆做的一样好吃——甚至更好吃，因为他很懂香料。

“那你妈妈呢？”说到这里艾薇问道，“她做什么工作？”

莉娜却不再回答这个问题，她一下子沉默了，不再看向我们。

---

①这几个词都是色子游戏里的术语：“豹子”意味着色子呈现五个同样的数字，“葫芦”意味着三个点数相同的色子和另外两个点数相同的色子的组合，“顺子”的色子点数排列为“12345”或“23456”。

“不过也没关系，”艾薇喃喃自语，“看，这是我在作业爱尔克那儿缝制的——用来平复心情！”她拿出一个不成形的彩色布球，并把它扔到了莉娜头上。莉娜扔回了小球，我们仨大笑起来。

有件事很奇怪，莉娜学德语学得越好，她就越像艾薇。我很快便怀疑，莉娜可能根本没有好脾气。尽管她俩后来时常拌嘴，一开始的几周还是一切按计划发展的。

但不久后一切都变了，我们惬意的小队生活陷入一团混乱中。事情的开始是因为22个问号小队好像神神秘秘地减少了人数，队伍里似乎只剩下苏菲和皮特。

“我觉得他们不再是真正的侦探团队了。”艾薇有一天心满意足地评论道。

“组侦探团可不容易。”莉娜说。

“你上哪里知道这个？”艾薇挑衅地问道。

“以前我在我们家那儿就有一个侦探团，”莉娜回应道，“我是整个团队的队长。”

艾薇轻蔑地耷拉下嘴角，但这并没有烦扰到莉娜。

“以前我们有本书，”她说道，“我们能在书里读到所有关于做侦探必须知道的事，保存证据、跟踪盯梢什么的。”

她竟然会这么多艰深的词汇，真让我吃惊。要不就是我和艾薇确实把她的德语教得很好，要不就是她真是一个有经验的侦探，对侦探事务的一切都轻车熟路。

艾薇好像没怎么受触动。

“我希望你们至少比对面那些傻瓜要成功些。”她指着苏菲和皮特。他们正无比显眼地跟在阿迪尔和穆罕默德——那两个 A 班的足球健将身后。这情形看起来特别诡异，以至于我们开始窃笑。

艾薇给了我们一个信号，去跟着那两个剩下的“问号”。我觉得有点尴尬，莉娜也转了转眼珠，但我们还是悄悄跟了上去，走在跟着阿迪尔和穆罕默德的苏菲及皮特身后。

一定是我们做错了什么。没走几米，皮特就转过身愤怒地盯着我们。

“快走开！我们正在追查一个很重要的情况！”

艾薇不屑地呛声道：“嘁，有什么情况呀？你们不过是在阿迪尔和穆罕默德后面跑来跑去罢了！我看你们是着了魔。”

苏菲轻蔑地瞧向我们。

“好吧……”她拖长了声音说道，“我们正留意着谁在做什么，谁在计划着什么……”

当然，这样神神秘秘地瞎忙活肯定不是艾薇的风格。

“快说，到底发生了什么？”她厉声问道，“他们干了什么坏事？踢足球时打碎了玻璃？偷了小朋友的球？”

艾薇逼近苏菲。皮特试图去拉开苏菲，但她也不是好惹的人。她不甘示弱地看着艾薇。

“你是不是对这世上发生的事情毫不知情呀？总有人在计划着袭击，而且还是那些我们根本意想不到会做出这些事的人。”苏菲那意味深长的眼神在阿迪尔、穆罕默德还有莉娜之间来回打转。“这是我妈妈说的，电视里也是这么讲的！”

我不是很理解她的意思。现在电视里经常播报恐怖袭击是没错。以前爆炸还在离我们很远的地方，发生在那些我都没听过名字的地方。但现在，这类事就公然发生在众人皆知的城市里，在伦敦、巴黎或者柏林。有时候我也会问自己，这样的事会不会有一天也发生在我们身边。但这些和阿迪尔、穆罕默德能有什么关系？

艾薇思索了几秒钟。

“你觉得阿迪尔和穆罕默德正在计划一场袭击？”最终，她极其小声地问道。

“谁知道呢？”苏菲耸耸肩，“那些不引人注意的人才是最糟糕的，这是我妈妈说的。”

“那她对阿迪尔和穆罕默德真有这种想法吗？”艾薇又一次追问道。这次，她的声音比之前更加响亮了一些。我知道，要是这时候苏菲和皮特说错什么话，那可就有麻烦了。

可惜，他俩什么也没领会到。

苏菲意味深长地瞅着莉娜的方向宣布道："或许你们也要小心点儿！谁知道这些人在酝酿着什么花招。"

我早就预料到艾薇一定会发火，但她的怒火如此暴烈还是让我惊了一下。她从喉咙深处发出的怒吼是那么响亮，吓得苏菲和皮特立刻二话不说躲向一边。幸亏他们在艾薇追上来之前，先跑了一步。

"你们发什么疯？先是拖着莉娜经过操场让她念'树'，现在又臆想她在策划一场袭击？"艾薇的声音因为怒火而无比尖锐。她一边追赶着苏菲和皮特，一边还可以吼得这么大声，真是不可思议。

我惊呆了，当我的肋下感受到来自莉娜手肘的击打时，我才想到她。

"快来，"她大喊道，"帮艾薇！"

我还以为艾薇肯定一个人就能对付苏菲和皮特，但莉娜一把抓住我的胳膊跑了起来。说时迟那时快，艾薇已经逮住苏菲，生气地捶打着她的后背。皮特哭喊着去找老师了。

然后我才明白，莉娜说的"帮艾薇"别有深意。她铆足了劲儿，试图把艾薇从苏菲身上拉下来。

"快停下！"莉娜一边喊着，一边拽着怒火中烧的艾薇，却无济于事。"她只是个讨厌鬼罢了，不值得你生气。放手，快跑！施密特老师马上就要来啦，事情要变麻烦啦。”

我也在另一边推搡着，最后和莉娜合力把艾薇制服了，让苏菲有那么一丝空隙逃走。

我小心翼翼地检查着四周。周围没有散落的牙齿和头发，还好，还好，看来我们制止得很及时。我们精疲力竭地坐在艾薇身旁，谁都没说半个字。

头戴蝴蝶结的女孩

虽然苏菲没受什么伤，但我们依然有麻烦。艾薇必须在放学后和施密特老师认真地谈一谈。于是我们比平时晚了半小时，才敲响外公外婆家的门。

外公开门时看起来不同寻常地严肃。他没问那句“有什么大作”，而是说道：“这样可不行，孩子们，我们很担心啊！”

面对外公外婆，我们把学校里发生的所有事，关于苏菲、皮特、阿迪尔和穆罕默德，以及那场严肃的谈话和盘托出。然后就发生了一件我从没有见过的事。外公举起拳头重重砸了桌子。

“这怎么行！”

“没发生什么事。”我急忙说，“苏菲没流一丁点儿血。”

“我不是指这件事，”外公不耐烦地摆摆手，“打人当然是不对的，”他说着又飞快地瞥了一眼坐在椅子上晃着腿的艾薇，“但竟然有人挑唆自己的孩子去怀疑别的小朋友，真是不可理喻。”

这时，之前还只是在一旁倾听的外婆也参与进来。

“一直都是这样的，汉斯，”她轻笑一声说，“异乡人总

是先被怀疑。”

“但他们还是孩子啊，蕾娜特！孩子怎么……”外公不满地说道。

外婆深深地看了外公一眼，起身进了厨房。

外公沉思着摇了摇头。

“实际上她说得没错，”外公说，“那时候，难民儿童也没少受到伤害……”

“啊？”艾薇一下起了兴趣，“什么难民儿童？”

“呃，”外公一脸防备，“已经过去很久了。”

但他还不熟悉艾薇，这下他彻底激起了艾薇的好奇心。

“快说嘛。”艾薇不依不饶。

外公转过身，他似乎想要先问问外婆的意见，但外婆正在厨房里忙活，锅碗瓢盆叮咚响。

“第二次世界大战快结束时，就有很多难民来到这里，”外公补充说道，虽然他似乎并不想提及这段历史，“在战后，甚至有相当一部分人逃难而来，在我的班级里就有至少十人。”

莉娜问：“来自叙利亚吗？”

外公摇摇头。

“他们来自欧洲中部和东部，也就是今天的波兰、捷克，还有俄罗斯。”

“在那边也有战争吗？”我小心翼翼地问道，因为我觉得二战中发生的一切都让人漫无头绪，在学校里我们还没正式开始学习这段历史。

外公点点头。

“一部分人是为了逃离那边发生的战争，另一部分人是因为在战后被驱逐了，他们是德裔。”

正当我想评论，只因为他们是德裔就要赶他们走，真是可恶，外公又补充说："二战期间，有些德国人在那里大肆搞破坏，所以其他民众不再希望身边还生活着德裔，这自然也是可以理解的事。当然，对于那些被驱逐的人来说，这一切仍然十分骇人。没有人应该受迫离开自己的家乡。"

莉娜看起来对外公说的话多有不解。"那些德裔都回了德国吗？"她犹豫了一阵，像是在寻找恰当的词，"那他们就不是难民，而是像在搬家？"

我觉得莉娜说得有道理，但外公却摇了摇头。

"噢，不是的！那是真正的逃难，当时有很多人死去了，人们经历了很糟糕的事，很可能和现在逃难的人所经历的事相差无几。"

我飞快看向莉娜，因为我们平时从未聊过这些话题，而她正津津有味地听外公说话。

"但还是不一样，"莉娜坚持道，"德裔会说德语，根本没那么多问题。"

"确实，"外公承认道，"他们能听懂，一切自然会稍微轻松些。但不管他们到哪里，都还是异乡人。不仅如此，他们经过一路逃亡，身上早已一穷二白，他们的穿着也和当地人有所不同，还操着一口'异样'的德语。无论如何……他们总显得有些奇怪。"

“你们当时招惹他们了吗？”艾薇有些气愤地看着外公。

外公的目光有些躲闪。

“一开始发生过，”最终他承认道，“当然不是所有人都这么做。”当他看到艾薇脸上的愠怒时，又急忙补充说。

“那你呢？”艾薇仍然不依不饶，固执地追问着，“你欺负他们了吗？”

外公想要笑一笑，但这笑却不成样子。他支支吾吾，终于下决心开了口。

“是，我也是，但就只在一开始做过，后来就没有了。有一户难民搬进了我们家，因为……”

“搬进了你们家？”艾薇不可置信地扬起了眉毛，“你确定？”

这下外公真笑了出来。

“当然。那时的事情有些不同。虽然和今天一样也有简易的安置住所，但如果一户人家有许多空房间，那他们必须收容难民。”

“都不问问人家愿不愿意？随便什么人都可以住进你家吗？”我试图去想象当时的光景，如果有个陌生人搬进了妈妈的书房……

就连莉娜也是一脸怀疑的模样。虽然我觉得她肯定不愿意在安置住所里生活。

“或许这样也不好，”她思索道，“人们不喜欢受到打扰。”

外公耸耸肩。

“这是一方面。我的母亲也不怎么愿意把客厅收拾出来，给一个陌生的家庭住。但另一方面，比起现在，人们当时很快就熟络起来。大家一起共用厨房和浴室。”

“那他们友好吗？”我问道，“嗯，我是说你们接受的难民家庭。”

外公陷入了回忆，自顾自地笑了。

“当然，”他说，“他们非常友善。事实上，是我的母亲任性地决定不喜欢他们。‘你离那些难民无赖远一点儿。’在他们搬进来之前，她一直再三这么对我说。”

艾薇又怒气满满地瞪大了眼睛。莉娜垂下头，但外公似乎没注意到这些。

“无论如何她都不愿意把我们的食物分给难民。但在十一月那个天气糟糕的夜晚，当一个母亲带着两个小女儿站在我们面前时，唉，她也不能不给了。”外公耸耸肩，“她分给她们一些食物，因为她们身上什么也没有了，都饿坏了，而且还生着病。啊，都是苦难。”

外公看上去又深深陷入另一段时光，艾薇狠狠地摇了摇他，才让他继续讲下去。

“那个年纪稍长点儿的女孩和我一样大，她也来到了我的班级。那时所有的不快才真正过去。我很喜欢她，她很漂亮。”外公说着往事，眼里闪烁着光芒。

艾薇顶了顶莉娜的肋下，转了转眼睛，嘴上做着口型，说着“恋爱了”，莉娜偷笑着。我把一切看在眼里，觉得她俩有点过分，幸好外公没注意到这些。

“她有一头长长的金发。可能是因为她没有发卡吧，她的头发上点缀着一个蝴蝶结。那是一个红色的蝴蝶结。”

他话音刚落，艾薇情不自禁地大声嚷嚷起来：“康妮！那是康妮。头戴蝴蝶结的康妮[①]……”

轮到外公错愕了，莉娜也一脸疑惑。他俩当然不知道关于康妮的书，但我要笑坏了。康妮的形象随处可见，在幼儿园里、医生那儿、游泳池和许多别的地方。这下子康妮也变成难民了。

正当我要问外公那个头戴蝴蝶结的女孩到底叫什么名字时，外婆端着午饭进来了。

“外婆，那也有难民家庭来你们家吗？”艾薇开心地问着，“是头戴蝴蝶结的康妮还是长袜子皮皮[②]呢？”艾薇笑得

①“头戴蝴蝶结的康妮”出自德国家喻户晓的系列童书《我的朋友康妮》。

②长袜子皮皮是瑞典女作家阿斯特丽德·林格伦创作的同名系列童话故事中的主角。

前仰后合。外婆只是微笑着摇摇头。

“没，我们家没有，”她回答道，“好了，现在让我们把老故事放一放，来吃午饭吧！祝大家好胃口。”

吃完饭，外婆说她要好好休息一下，便走进了卧室。外公一个人去采购，我们在家做作业，一切和往常一样，但又有什么和平时不同。

“外婆怎么在休息的时候弄出这么大动静？”艾薇问。

“那不是外婆，是电视机。”莉娜不动声色地说。

即使传来的确实是电视机的声响，我还是有点吃惊，因为外婆很少在下午看电视。

“她在看什么呢？”艾薇好奇地溜到客厅门边，打开了一条门缝。“看着像是有很多枪战，”她转向我们，“大概是西部片之类的。”

“外婆才不看西部片呢。”我也走了过去。

外婆如同入迷了一般坐在电视机前，我还从没见过这样的她——这似乎对她没有好处。莉娜越过我的肩膀看向里面。

“是新闻，”她说，“是报道战争的。在我们那儿，所有人都看，不过是看阿拉伯语的新闻。”

“你们看这个？真的吗？我是说，你们那儿不是已

经……”我没接着说完，因为我也不知道自己该怎么向莉娜解释，我觉得因为战争而逃难的人还看电视里的战争场面，这很奇怪。

她好像对我想说的话了然于心。

“人们想知道家乡发生的事。”她一脸茫然地说。

我刚想说，但这又不是人们能从家乡得知的美好的事，外公就喘着大气回来了。他还拖着两个装得满满的大购物袋。

外公瘫坐在椅子上，擦掉额头上的汗珠。

“你都拖了些什么回来？”我指着那些装得鼓鼓囊囊的袋子，它们看起来重极了。

“唉，”外公摆摆手说，“只是买了些外婆想要的备用品。”

“什么备用品？”莉娜正问着，艾薇在那边已把手伸进其中一个袋子里，并掏出了一个罐头。

“豌豆汤，”她念道，“咦，谁需要这玩意儿？还这么多罐……”

莉娜开始数起来。

“11，”她宣布道，“你们要办庆祝活动吗？”

“噢，11罐！”这时外婆已经关了电视来到我们身边，“这是个好兆头。”

我们都吃惊地望着她。

“11是我最喜欢的数字，”外婆说道，“特别是11月11日，那是我的幸运日。汉斯，你说是不是？”

外公疲惫地笑了笑，继续擦着额上的汗水。

“你们要办庆祝会吗？”莉娜又一次问。

艾薇恐慌地看着她。

“希望别是用豌豆汤！”她说，“谁喜欢吃这个呀！”

外公叹着气起身。

“来，蕾娜特，我们试着把它们放到储藏架上堆起来，希望架子不要太快塌了。”

他们进了厨房，我们回去写作业。那天外婆忘了在三点半给我们端来一杯热巧克力。回想当时，我们当然觉得一切都很可疑。但那天的情况却因为一周以后发生的事而被遗忘了。

莉娜不想再当任务

大课间休息时来了一枚“重磅炸弹”。

“我要成为小队成员！”莉娜宣布说。

一开始我不明白她的意思。莉娜不是本来就是我们小队的一员吗？然后我才骤然想起，这个小队里只有艾薇和我呀！我不知怎地完全忘记了这回事。我们一起做所有事，莉娜说德语说得很好，她总是和艾薇吵个不停——人们根本分不清她俩。

“要我说……”我刚开口，“啪”就遭到艾薇的肋间攻击。她明显清楚地知道谁是队员，谁还不是。

“这可不行。”

“为什么不行？”莉娜急切地高声问道，听起来快得像是只说了一个字：不。

艾薇坐到长椅上，晃荡着双腿。

“我们不是一个融入小队嘛，”她盯着自己的鞋尖，解释说，“你是我们的任务——不能随便就撇掉了。”

“我可不想当任务！”莉娜生气地盯着艾薇。

“为什么不当？”艾薇抬起头看着她，“这可是一个团队里最重要的事。”

“胡说！”莉娜愤怒地喊，“当任务很蠢，而且任务都已经完成了，我明白所有事，我也能把德语说好。”

“其实……”我又想开口。

“根本不是胡说，”艾薇插嘴说，“如果不做任务的话，这就不是一个小队了，所以我们才需要你，就是这样！”她生气地跺着脚。

我打心眼里赞同艾薇的话。22个问号小队不就是因为没有侦探任务，才缩减到了只有两个孤零零的队员！我根本不愿去想，我们的小队也可能要解散……我的胃抽紧了。

莉娜看起来并不理解，她也跺了跺脚，同样用怒气冲冲的目光盯着艾薇。

“任务结束了，”她坚持道，“我们要成立一个新的团队，或许是一个侦探小队，这我熟悉。”

我的胃突然安分了。一个新团队——这是个解决办法！

而且我早就觉得，组一个侦探小队最棒了。

遗憾的是，艾薇一点儿也没被说服。

“呸，”她鄙夷地哼了一声，“侦探小队？没有案件？我们不都看到了这样的小队下场如何。”

她可是高兴地把22个问号小队的衰落看在眼里。

我们三个都沉默了一阵，然后艾薇站了起来。

“你们都看见了，”她说，“因为没有什么好案件，所以你不能成为小队成员。”在她准备走的时候，她的表情看着好像有些不忍。

我小心翼翼地偷瞄着眼里满含泪水的莉娜。我不知道这是因为她在生气，抑或伤心，还是两者兼有，而我也不知道自己应该做什么。

剩下的时间，艾薇和莉娜互相不说一句话。最后一节课后我在门口等她们，艾薇只是猛烈地摇摇头。

“作业爱尔克。”她挤出几个字。我其实知道，自小队成立开始，她就把作业治疗的时间安排到了周六上午。她的妈妈虽然对此并不满意，但艾薇说作业治疗中心认为小队活动对她发展社交能力有好处。

不管怎样，艾薇是不能跟来了。莉娜也耸了耸肩，说她得帮爸爸看一份他看不懂的重要德语文件。

我已经不习惯一个人走回家了。以前回家时，我总是在路上猜云朵的形状，幻想着各种大冒险。但现在我总想着我们的小队可能要解散了。我真希望外公和外婆可以帮帮我。

然而当外公打开门时，他却一副心不在焉的样子。他没问“有什么大作”，甚至都没有注意到艾薇和莉娜没有来。直到我坐到桌子边，他才惊讶地问：“啊？两个小姑娘去哪儿了？”

“她俩没时间。”我嘟囔着说，并且失望地看着自己盘子里的煎土豆。这盘煎土豆就是最有力的信号——肯定是外公做的饭。而他做的食物都赶不上外婆做的一半美味。外公不是做煎土豆就是炒蛋。如果我没记错，这两个菜上周已经出现了好几次。

“为什么外婆没时间做饭了？这段时间总是你下厨。”

我希望这听起来不是那么没礼貌。外公朝客厅方向歪了歪头。

“电视。”他简短地回答道。于是我们两个人都沉默了。我终究忍不住了，说：“外公……莉娜想要变成真正的小队成员，但艾薇不希望那样，因为这样一来，我们就没有任务了。现在我根本不知道，我们是否还是一个小队，而且……”我感到自己的声音开始颤抖。我多希望外公能到我身边来，对我说“好了好了，我的宝贝，船到桥头自然直”，但他没有这么做。他坐在那儿，眼神空洞。好一会儿之后，他才注意到我在等待他的回答。

“噢，这样啊。”外公慢条斯理地开口了，却不是用他那不慌不忙的方式，而是隐隐显出一股子疲惫感，“那我们能做什么呢？”

尽管如此，我还是希望他能像往常那样，和我一同找到解决办法。可惜在这时，外婆从客厅喊道："汉斯！我们该去采购了！"

我单独在外公外婆家的客厅里度过了下午的时光。没有艾薇和莉娜无休止的争吵声，我比往常更快速地写完作业，但少了几分乐趣。

我在那之后有些无所事事。一般情况下，我们这时可以喝到巧克力了，但现在外婆不在家，不能做给我们喝。喝完巧克力，我们一般会玩色子游戏。艾薇和莉娜还会一边玩一边斗嘴，但她们也不在，没法唇枪舌剑了。真无聊啊，所以当我看到外公外婆回家时，无比开心。

"尼尔斯，你不来帮忙收拾下吗？"外婆用轻松的语气喊道。

"来啦！"我对于有事可做还能帮到外婆，心里感到美滋滋的。四个大购物袋正立在角落里，而外公累红了脸，坐在椅子上。另一边，外婆正忙忙碌碌，跑上跑下，还给我指示。

"来腾空袋子，尼尔斯，把东西放到架子上！"

我把第一个袋子拉到跟前，往里一瞧。我都不敢相信自己的眼睛了——又是好些豌豆汤罐头！

"外婆，我们上周不是刚囤了？"

外婆没有理会我，她正一脸愁容。

“储物架满了。汉斯，你得安装一个新的！”

“装一个新架子？往哪儿放呀？”

这也正是我想问的。厨房里肯定没位置了，而且不仅架子上堆满了罐头，连地板上也已经叠起了罐头塔。

外公叹了一口气。“蕾娜特，我们明天再计划这件事，还有尼尔斯，你现在先回去。我们要休息一会儿。”

就这样，我今天格外早地回到了自己家。这屋子让我觉得空落落、静悄悄的，我又变得无所事事起来。我打开收音机，自个儿玩起色子。但一切都不著见效，屋子还是那么大且一片死寂，我的心情更加憋闷了。最终，我决定和小兔子一起躺在床上，等着妈妈和爸爸回来。

小兔子是我的玩偶。从我记事开始，它就和我一起睡。但我偏偏今天就是找不到它，真恼人。我明明确定今天早上把它放在了枕头边上。

怎么今天所有人都和我作对！先是莉娜提了那个恼人的主意——弄得她好像不是真正的小队成员一样；然后是艾薇，这个烦人精，好像没有小队任务，天就要塌了似的；还有外公外婆和他们的豌豆汤；现在就连小兔子也不放过我。

最后，我没有兔子的陪伴就爬上床，盯着天花板，思索着明天一早我该怎么做才能唤回艾薇和莉娜的理智，才能让她们明白，我们的小队很重要，我们一定能找到解决办法的——大人们总是这样说。但大人们也不和艾薇和莉娜组队呀！

思来想去了好一会儿，我才终于睡着了。

拯救计划与突如其来的地点转换

第二天一早当我到达学校时，艾薇和莉娜已经在自己的位置上了。她们一言不发地盯着空气。我吞了一口口水，昨天我躺在床上做好了心理建设要和她俩谈一谈，但我现在却畏缩了——如果她俩不都是这样的倔脾气就好了！

还好施密特老师及时出现了。她神采奕奕地走进教室，拍了三次手，让我们到前面围成一圈。所有人都期待地望着她，连艾薇和莉娜也不例外。

施密特老师宣布道，我们今天要在常识应用课上开始进行自己的研究作业了。在我们学校，这份研究作业是一件大事。一个月之内，每个小队都要对自己选择的主题做研究，最后用海报和各种小装饰把它展示出来。艾薇、莉娜和我早就决定组成一个研究小队，但我们还迟迟没有对研究主题达成一致。艾薇总是说："我总能想出一个主意来！"我耸肩表示赞同。莉娜一开始也以耸肩来回应，不过最近她又说："我也一定能想出个主意。"

施密特老师说完了她的开场白，而我在心里打鼓，艾薇和莉娜还在闹别扭，她们还愿意继续我们的计划吗？直到坐回自己的座位上，我们三人都仍然沉默不语。这时艾薇往教室里看了一圈，大声叹了一口气，响亮地说："不管怎样，我们还是一起做研究。其他人更不行。"

莉娜生气地瞟了她一眼，又飞快地一颔首，像是在说"好吧"。我于是马上提出，下午可以在我的外公外婆家进行讨论，我们一定会找到一个好题目，也能给我们的小队找到一条出路。我叨叨着自己昨晚在床上想出来的那一套套大人的漂亮话，直到莉娜开始笑嘻嘻，艾薇又开始滴溜溜地转着眼珠。

"你说的话听着和作业治疗时他们说的一样。"她话音刚落，我立马闭上了嘴。这下子，我们仨都忍不住笑了出来，我感到如释重负。

外公来开门时也笑意盈盈。我以为他一定会问那句“有什么大作”，但他只是很快地说道：“不好意思，我的土豆要煎煳咯。”然后就一溜烟跑回了厨房。

“不会又要吃煎土豆吧。”艾薇呻吟着把书包扔到角落里。

在这一点上，我绝对赞同她。虽然我也挺喜欢煎土豆，但招架不住天天吃呀，何况还总是这种被外公煎得焦黑的土豆。

今天也不例外。就算是平时忍受不了艾薇抱怨食物的莉娜，也对土豆皱起了鼻子。

“而且它们总是太咸了！”艾薇继续发着牢骚，“难道是外公恋爱了？”[①]

当莉娜好奇地看过来时，我们不得不解释道，人们总是对那些做菜特别咸的人这么说。

“他一定还喜欢着康妮！”艾薇坏笑道，“因为那只蝴蝶结！”

我朝她身侧一捅，因为我无论如何也不想让外公听到这话。而外公确实也什么都没听见，因为他已经站在走廊上，准备和外婆去买东西了。那天我们很难专心做作业，艾薇每隔三分钟就跳起来，对我们可能做的研究提个建议，有丰年虫[②]、女子足球，以及一种我和莉娜从未听说过的奇奇怪怪的儿童病症——得了病的人会四肢乱动。

“快停下！”莉娜气恼地盯着艾薇，“我们都说了，先做数学和德语作业，然后再讨论研究主题。”

我们尚未做完作业，外婆和外公就回家了。和往常一样，他们带着购物袋进了厨房。两分钟后，外公朝我们所在的餐厅区域瞧了过来。他涨红了脸，放下袋子后喘着粗气坐

①“食物太咸，一定是因为厨子恋爱了”是一句德语俗语。

②丰年虫为一种节肢动物，生活在内陆咸水湖中，是一种重要的饵料生物。

到椅子上。

“要把它们放到这里来，”他思索着打量着周围，“厨房里再怎么塞都没有地方了。”

艾薇马上跳下椅子，一头扎进购物袋里。我早就猜到里面是什么，但艾薇发出了一声惊叫。

“豌豆汤？怎么又是它？你们买得够多了！”

我还没来得及告诉她，外婆和外公昨天肯定足足买了 20 个罐头。

艾薇带着嫌弃的眼神拿出罐头，莉娜开始数了起来。

“12，”她说，“你们想……”

这时，外婆提着两个袋子走进了房间。袋子里似乎也塞满了罐头。

莉娜小心地拿出一个又一个罐头，并把它们靠墙堆放好，然后又数了一遍。

“25！你们想要卖罐头吗？”

外婆满意地看着这一堆罐头。它们看起来就跟砸罐头游戏[①]里的一样。

①砸罐头游戏是德国市集上常出现的一种娱乐项目。游戏摊位上一般以金字塔型摆放着一摞摞罐头。参与游戏者可拿网球等物品砸落罐头，并以其砸落的罐头数量来兑换不同等级的奖品。

“只是一点儿存货。”外婆一边微笑着说，一边走开了。没多久，我们就听见客厅里传来电视的声音。

“一点儿存货？”艾薇冲着外婆的方向喊，“你们在上周就买了 11 罐，加上今天的……一共 36 个罐头！”艾薇可是心算的好手。我打赌，就算要加上昨天的数量，她也一定能闪电般算出罐头数来，但我还是不提这回事为妙。当外公看着客厅的方向时，他脸上写满了疲惫。

他沉默地捏捏自己的双手，最终清了清嗓子说：“听着，”外公的声音有一些沙哑，“虽然我不想这么说，但接下来的一段时间里，你们还是别在这里碰面了。”

“什么？”在整个小队活动时间里，这是我第一次抢在艾薇之前发声，“为什么？”

“那我们能去哪儿呀？”艾薇生气地站在外公面前。只有莉娜一言不发地咬着自己的下唇。

“那我们该吃什么呀？”我问道。

外公又轻咳了一声，看着自己的双手说：“外婆不太舒服。”

不管我和艾薇怎样死缠烂打地问外公原因，他也不愿多做解释，只是说了几句听起来怪怪的话：客厅里的电视声一响，肯定会打扰我们做作业，他可管不了；我们可以在学校里吃午饭，反正那也比他煎坏的土豆强一些（对于这点，我是赞同的）；我们最好在隔壁——我自己的家里见面。

“不要，”艾薇抱怨道，“这里多舒服呀！”

外公却不再回应。不到十分钟后，我们几个人聚在了我的小房间。

是的，一个真正的案件

“这里好像没人住似的，”艾薇充满怀疑地观察着四周，“这周围都没摊着东西。你们把它们都收起来了吗？”

我摇摇头。

“我们家的清洁工会来打扫，”我说，“她每天上午都来工作两小时，因为我的父母喜欢家里整整洁洁的。”

艾薇皱皱鼻子，莉娜也沉默着。我怀疑她和艾薇的感受一样，她看起来也像是不知怎么要冻僵了似的。

“我们可以做巧克力饮料。”我小心地建议道。艾薇和莉娜点头同意后，我就开始忙活起来。但我做的巧克力一点儿也没有外婆做的好喝。我们坐在餐桌旁，郁闷地对着自己的杯子。

突然，艾薇狠狠拍了一下桌子。

“一定有什么不对劲，”她说，“绝对有什么可疑的事。”

“我不理解，”莉娜也附和道，“为什么外婆会不舒服？”

“或许她生病了？”我一想到人的年纪大了可能会死去，肚子里就漫延开一阵不适感。好在这个想法很快就被艾薇赶走了。

“不可能是生病！”艾薇用斩钉截铁的语气抱怨着，“要不然也一定是什么怪病。你的外婆每天都提着两大袋子豌豆汤罐头上楼，能这么做的人，都强壮得和牛一样。”

也许她说得对。我们沉默了一会儿，甚至连艾薇也比平时看起来更加忧心忡忡。突然，她双眼一眯，眼光透过细线一样的眼缝在莉娜和我之间来回转悠。

“这一定和那些罐头脱不了干系，”她缓慢地说，“我们应该搞清楚豌豆汤的秘密。”

伴随着她的话，我的脑中迸出了一个无与伦比的好主意，想一吐为快。这一次我赶在了艾薇和莉娜前面，响亮地喊出声：“豌豆汤的秘密！”我如此大声，以至于我杯里的巧克力都晃了晃。“就是它！”

艾薇和莉娜看着我，好像我在犯傻似的，大概是因为她们从来没听到过我这样大喊。

“豌豆汤的秘密！”我略微降低声音重复了一遍，“你们不明白吗？我们有一个案件啦！一个真正的案件！”

谁都能看出来，莉娜和艾薇正在脑袋里消化着这个消息，然后莉娜的脸色一下“放晴”了。

“一个案件，”她喊道，“也就是说……”她的脸上光彩四溢。

艾薇只是酷酷地点点头，向后靠在椅背上说：“也就是说我们可以组一个侦探小队了，好吧，挺不错的。”

要不是艾薇的眼中紧接着又闪过一丝危险的光，一切就真是再好不过了。她的目光四处搜寻着。

“你们家的刀都放在哪里？”她说话时的语气漫不经心，却让我脖颈后的汗毛根根竖起。

“为什么问这个？”我警觉地问。

艾薇看着我若有所思。

“我们要成立一个新团队，当然要重新进行歃血为盟的仪式。快说，锋利的刀放在哪儿了？”

我无比希望现在外公就在一旁。但这一次，我的救星却不在身边。

“或许，我们再……再试……试一次好喝的饮料？”我结结巴巴地说，“我家的冰箱里肯定还有可乐！”

艾薇一副思考的样子，摇头晃脑了几个来回。突然，她用力捶了一下我的肩膀，爆发出一阵大笑。

“尼尔斯，你这个超级胆小鬼！你真以为没有消毒喷雾我会这么做吗？这也太危险了吧！”

我在这笑声中感受到一阵如释重负。莉娜也跟着笑了，尽管她不明白这到底是怎么一回事。

当我拿着一瓶可乐和三个玻璃杯回来时，艾薇已经又想出另一个鬼点子。

“我们都从一个杯子里喝。”她从我手中夺过托盘，“这样才算结盟仪式。”

她果断地把可乐倒进一个杯子里，并向里面吐了一口唾沫。

“请吧！”她把杯子递给我，“现在轮到你了！”

“为什么要这样？”我结巴地问道。

“当然要往里面混点什么东西才算数！”艾薇说，“如果你们不愿流血，那我们就用口水吧。每个人都吐一口口水进去，然后我们再喝饮料。”

我觉得这个主意恶心极了。

“我们要不还是简单干杯吧，这样好些。”我谨慎地建议说。

艾薇发出了啧啧声。“那要混进去什么？”

于是，我不得已往里面吐了口口水，并把杯子递给了莉娜。她二话没说，让几滴小小的口水珠滑进了杯子里，然后又把杯子还给了艾薇。我盯着那杯混合液体，它看起来还是一杯可乐，不过表面上漂浮着一些泡沫。

艾薇把食指放进那杯“混合饮料”里，大力地搅了搅。

“新人先来，”她大方地说道，“开始吧，莉娜！”

莉娜犹豫了一小会儿，深吸一口气，喝下了一大口。

“啊！”她容光焕发地说，“我现在算是队员了吧？我们还要说些什么吗？”

艾薇短暂地想了想，然后站起来，把手放在心脏的位置上。

“以人民的名义！”她高声喊道。

我在法院里听到过妈妈或者爸爸说过这句话，但我又不那么确定，这句话是不是也适合我们当下的情形。尽管如此，当我们先后从杯子里喝了饮料，又喊着“以人民的名义”时，我还是起了一片鸡皮疙瘩。

之后我们在收拾玻璃杯时，莉娜突然露出尴尬的表情。

“我们忘记找研究主题了！”她喊。

“现在怎么办？施密特老师明天就要知道主题。”

“丰年虫、女子足球，”艾薇单调地重复着，“或者……”一抹调皮的坏笑浮现在她脸上。

“或者什么？”莉娜和我齐声问。

“豌豆汤！”艾薇回答说。在我们不可置信的眼光中，她继续说道：“我们可以在学校内研究自己的案件。而且我们还可以用电脑，这样我们很快就能找出豌豆汤背后的秘密到底是什么，那么我们很快就可以回去，在一个舒服的屋子里吃到好吃的午餐了。”

我觉得这是一个很有吸引力的主意，莉娜也没有提出异议。

“或许有一种病让人要喝很多豌豆汤。”她思考道。

“作为药吗？”我问。

莉娜耸耸肩。

“或许吧。或者这本来就是病的一部分。”

“你是说……”我找了好一会儿合适的字眼，“是一种病征？就好像是发烧或者喉咙痛？”

莉娜又耸耸肩，艾薇咯咯一笑。

“这是什么愚蠢的毛病？”她站起来说着，“看看明天电脑能不能告诉我们什么吧。”

当我们介绍自己的研究主题时，施密特老师用一种奇怪的眼神望向我们。其他人都选了非常普通的主题：宠物、航天员、宝石，甚至丰年虫也在其中。

“豌豆汤？”施密特老师问道，“你们对这个感兴趣？”

“怎么啦！”艾薇大声说道，“豌豆汤可是一个极其重要的题目！而且每个人都喜欢它……”

教室里传出几声窃笑，我希望艾薇不会因此而生气。

“没错，”莉娜也来帮腔，“豌豆汤在叙利亚也很受欢迎，不过是另一种风格的汤。但这也没关系。”

施密特老师半信半疑地点点头，在她的笔记本上记下了什么。

“那好吧，”她宣布道，“那你们就叫作‘豌豆汤研究小队’吧。我很期待你们的成果。”

在施密特老师讲话时，我的肚子里就生出一股激动之情。豌豆汤研究小队——不管艾薇愿不愿意——我们现在有一个队名了！

教室里只有三台电脑，但幸好，我们小队可以立刻开始搜索信息。我们展开工作，一刻钟后却毫无进展。我们输入“豌豆汤”还有“豌豆汤和病”，又或者是“豌豆汤和医学”——一无所获。

“只有菜谱！”莉娜叹气说，“这才不是我们要的结果！”

电脑搜索提供的唯一不同的结果，就只有关于喝太多豌豆汤会导致肚子痛和胀气的提示。

“我早就知道会是这样。”艾薇烦躁地离开了屏幕。

我们身后站着苏菲和皮特。

“你们找到好菜谱了吗？来做你们那有趣的豌豆汤？”皮特讥笑着问。

“每个人都喜欢它！”苏菲模仿着艾薇的样子，“而且每个人喝完了都要放臭屁……”她大声地模仿着放屁声，接着这两人开始疯狂地大笑起来。

艾薇涨红了脸，跳起身。

“快闭嘴吧！”她怒吼道，“你们知道些什么！我们正在探索一个超酷的秘密，那是你们和你们那个傻瓜问号小队做梦也想不出来的！”

莉娜和我勉强可以阻止艾薇又一次扑到苏菲和皮特身上。顶着施密特老师朝我们投来的狐疑的眼光，我们马上让出了电脑桌，走向自己的座位。

就在这一刻，我感到艾薇对那两个“问号”自夸我们的案件，不是一项明智之举，后来的事也证明了我的感觉没有错。

越来越扑朔迷离

接下来我们也没有什么新收获。今天的研究时间结束了。我们像往常一样上数学课和常识应用课。因为外公外婆不再给我们做饭，我们中午必须在学校吃饭。当莉娜看向自己的餐盘时，她的表情尤其糟糕。

“这看起来和安置住所里的饭一样，”她将第一口食物塞进嘴里就皱起了脸，“吃起来也一样。”

“带着蘸酱的‘泥浆’。”艾薇说着，面无表情地把食物塞进了嘴里。

“你们在家也做这样的饭菜吗？”

“不是在家！”莉娜生气地反驳说，“是在安置住所。在那里，我们不被允许做饭——这是新规定。食物都是被分配好的。”

“嘁，”艾薇说，“那还不如咸咸的煎土豆。”

莉娜把盘子推向了一边。

“我希望外婆快点好起来。我们回家吧，试试找出那个秘密。”

在回家的路上，艾薇偷摘了别人家前院里的几朵花。莉娜对她喊道：“这样不行！”

“他们有的是花，”艾薇止步不前，又从土里拔出了最后几株郁金香，“我们只需要几朵花！那个房子可太令人不舒服了！”

到了我家，她把那束花塞进水杯里，把杯子砰的一声往桌上一放，说道：“总比什么都没有好！”

然而，即使是花也不能掩盖我们的案件进展不顺利的事实。

“今天电脑没带来一点儿有用的信息，”艾薇发着牢骚说，“我觉得……”

此时从外公外婆家中传出一阵轰隆隆的巨响，把她的话打断了。

“那是什么声音？”我惊恐地问。

“当然是电视。”艾薇丝毫不受影响地回答说，但她话音未落，莉娜就激动地一拳拍在桌上。

“又是电视！”她说，“或许……或许就是电视让外婆生病了！”

我觉得她的想法一点儿也不奇怪。毕竟，外婆以前几乎不怎么看电视，而那时她明显很健康。

艾薇摇摇头。

“胡说！作业爱尔克说，人看多了电视会坐立不安。从那以后，我就不被允许看电视了。但外婆可没有这症状。此外作业爱尔克也没说过，人看多了电视就会去买很多豌豆汤罐头。”

我们还是毫无进展。艾薇不耐烦地摇来摆去，那条皱纹又斜斜地躺在她的额头上。当她一下跳起身时，我正思考着要不要再试试用巧克力饮料来安抚大家。

“我们去问问外公外婆，”她情绪高涨地说，“或者悄悄看看他们在做什么。我不管，最重要的是，我们现在要过去。反正待在这儿，我们也什么都不会知道。”

“但我们不应该进他们的屋子。”我谨慎地提议。

“瞎说，”艾薇哼道，“问问他们过得好不好，又不是被禁止的事。作业爱尔克说，这叫作有礼貌！”

莉娜也随声附和。于是，事情就这么定了下来。我们打算悄无声息地去按门铃，然后问问外公外婆的情况。莉娜再

三强调，我们无论如何都不应该透露自己现在是一个侦探小队，而且我们要对案件绝口不提。

事情的进展却出乎意料。

我们根本没来得及偷偷地按门铃，就在走廊里和外公撞了个正着。他正把一个巨大的箱子从地下室里拖上楼。

“你们要去旅行吗？”我吃惊地问。关于这类计划，我更希望被及时通知，再说如果外公外婆要去度假，他们一般会提前一周就告诉我们。

幸好外公摇了摇头。

“不，只是外婆想要放一个箱子在屋子里，以防万一。”

莉娜向我投来一个意味深长的眼神，艾薇用手肘袭击了一下我的肋骨。

“防范什么呢？”我追问道，好像自己是一个真正的侦探。

但在外公回答之前房门打开了，外婆探出头来。

“你好，尼尔斯，”她开心地说，“你来得正好，我有些事要问你。”

说着她把我拉进了屋里。艾薇和莉娜没给外公机会干预，也马上跌跌撞撞地跟了上来。我们穿过堆满罐头食品的餐厅，进入了客厅。

“天哪！”当我们站定时，艾薇不禁喊出声。我对她的惊诧心知肚明。

自从外婆开始守在电视旁，我们就没有再进过客厅——它的变化可真大。

客厅桌子上放满了东西，主要是堆满了衣物，还零星放着几个锅具、一条羊毛毯和一把雨伞。最让我吃惊的是，“小山顶”上坐着我的小兔子布偶。

“小兔子！”我喊了出来，“你在这儿做什么？”

“你们真的不是去旅行吗？”艾薇打断我。

“或者要搬家？”莉娜打探道。

外婆惊讶地看着我。

“不呀，只是为了以防万一我才收拾了一些东西。天知道会发生什么事。”她满足地拍拍那一摞东西。我发现，她甚至还拿出了妈妈那件上好的开司米毛衣。我疑惑着外婆到底是怎么拿到它的——妈妈从不让任何人碰她的衣服。

“除了这只兔子，你还想打包哪只毛绒玩具呢？”外婆和蔼可亲地问我。

“我不想打包兔子，”我抗议说，“我要抱着它睡觉。而且到底……我为什么要打包……还有你是怎么拿到妈妈的毛衣的？”我的脑中涌上十万个为什么。但我还没一一提问，累红了脸、喘着大气的外公就插话了。

“蕾娜特，别折腾孩子了，”他又转向我们说道，“来，你们一起来，我需要帮忙采购。”

外公放下箱子就急匆匆拉着我们出了房门。去采购似乎是一件十万火急的事，他甚至没时间换鞋，穿着拖鞋就出发了。艾薇竖起了大拇指，莉娜不知所措地摇着头。我确信自己知道她们在表达同一种意思，因为我也正是这么想的。真是疯狂！我们的案件越来越扑朔迷离了。

外公走到了楼梯口，但莉娜却拉住了我和艾薇。

“我们应该问问外公！”她压低声音说，“这是一个好机会。”

艾薇看起来有些不爽，或许她不喜欢由莉娜来发号施令。但我觉得莉娜说得对，毕竟她有过参加侦探团的经验。

“你来问，尼尔斯，”莉娜命令道，“这样就不那么惹眼了。”

“可别透露了关于查案的消息！”艾薇飞快地补充道。

“我又不傻。”我喃喃道。她俩有时候真是有点累人。

我们飞快赶上外公，艾薇把我轻推向他。我不知该怎么开口，莉娜用微笑鼓励我。

“外公，”我开始问道，“外婆在客厅桌子上堆了一些什么东西呀？”

“什么东西？”外公心不在焉地看着我。我才不相信他没有注意到自己桌子上的那座“小山”。

“那一大堆衣服和锅什么的。”

“啊，那些东西……”外公尴尬地转开了目光，“为预防出现紧急情况，外婆想要把东西都装到行李箱里。”

这次轮到艾薇转开了身子。谁都能看出来，她为了不打断外公说话而忍得难受。莉娜在外公背后向艾薇匆忙地打着手势，艾薇咬了咬嘴唇。

“什么紧急情况？”慢慢地我已经像电视里的警官一样得心应手了。

而我的“嫌疑人”也和电视里一样，试图避重就轻地躲开我的提问。

“我怎么知道，”外公回答说，“万一要去医院呢。”

最蠢笨的人也一定能猜到，这不过是个谎言——外婆去医院为什么要带着我的兔子玩偶和妈妈的开司米毛衣？！

艾薇也这么觉得。

“谁会带着自己的锅去医院呀？”她喊道，“一定有什么不对劲！”

莉娜又一次试图让艾薇闭上嘴，却是徒劳。艾薇快步举起双手堵在外公面前。

“这太不对劲了！”她喊道，并伸出食指指在外公的肚子上，“但我们一定会弄明白的，我告诉你，我们一定会破解豌豆汤的秘密！”

外公停了下来，他似乎正在脑中消化这些话，他也不傻，很快就反应过来。

“豌豆汤的秘密？”他看着我们，“你们是……有了一个新的小队任务吗？”

出于惊恐，我用手捂住了嘴，莉娜怒气冲冲地瞪着艾薇。这个嘱咐我们千万不能透露案件的艾薇，最后却成了那个泄密人。

艾薇看起来好像完全忘记了这回事。她不仅没有闭嘴或者转换话题，反而紧抓着外公的手臂，挑衅地看着他。

“当然，”她说，“现在我们是一个侦探小队。你看好了，我们会解开这个案件的！你最好和我们合作！”

这一席话听来真是可疑，艾薇像是看了不少犯罪片，尽管作业爱尔克一定认为这对她没好处。但我觉得，这一刻的情况对外公更加不利，因为他非常吃惊地盯着艾薇。

“我帮不了你们，”他生硬地说，“但我祝你们成功。”他小心地将手臂抽离艾薇的“魔爪”。“如果你们发现了什么就告诉我，我对案件的结果也很感兴趣。”

这一番话后他就把我们赶回了家，因为他突然想到自己根本不用去采购。

“可疑，”当我们回到我的房间坐下时，莉娜喃喃自语道，“真可疑。”

“是呀！”艾薇随声附和。

“确实，那个箱子就够奇怪的。”我思索着说。

莉娜和艾薇短暂相互交换了眼神，就一齐看向我并做出一个奇怪的表情。那神情看起来有几分同情。

“不是箱子奇怪，”最后莉娜说，“是外公奇怪。”

我震惊地看着她。她不是认真的吧！

“外公？”我问，“但……他不过……只是……”

可惜的是，艾薇似乎和莉娜站在同一阵线。

“他向我们隐瞒了什么，”她说，“他不想我们和外婆说话。而且他一定没说出关于箱子的实情。”

之后的一整个下午我都有些心不在焉，如同遭受了晴天霹雳一般。艾薇和莉娜提前回家后，我感到松了口气。

疑云重重和一次非同寻常的对话

第二天在学校里，调查也毫无进展。我们在电脑里输入“豌豆汤和电视机”，出现的结果只有厨艺节目。

之后我们又尝试输入“看电视和生病”，结果从心脏病到糖尿病，人们似乎可以因为看电视患上所有可能患的疾病。但这些都不符合外婆的情况，而且也和豌豆汤毫无关系。

“看来，看电视还真是危险，”艾薇对此印象颇深地说，“作业爱尔克说得没错。”

“或许我们应该试试‘箱子’。”我叹气道。

莉娜二话不说，敲打键盘输入我的建议。但我们还没好好看结果，就听到身后传来一个声音。

“箱子？这和豌豆汤可没什么关系！”皮特从我身边挤了进来，好奇地看着屏幕。苏菲当然也马上加入了。

“施密特老师！”她喊道，“他们根本没在研究豌豆汤，而是在看些乱七八糟的东西。他们为了这个霸占着电脑，好不公平呀！”

在施密特老师注意到我们之前，我们马上让出了位置。艾薇飞快地用手肘顶了顶苏菲的身侧，低声骂道：“讨厌的告状精！”

奇怪的是，苏菲今天并没有哭喊着去找施密特老师，而是大大咧咧地挡在艾薇前面说：“我们会找出你们那个一文不值的秘密的，咱们走着瞧！”

然后她坐到皮特身旁，乖乖地看着屏幕，因为施密特老师此时望了过来。

课间休息时，艾薇的情绪很低落。

“现在快告诉我们该做些什么吧！”她向莉娜抱怨道，“你平时说起你那个在叙利亚的愚蠢侦探团，不总是一副王婆卖瓜的样子嘛。”

“王婆？”莉娜吃惊地指指自己，我窃笑出声。

一开始艾薇还怒目而视，很快她也笑出了声。当她向莉娜解释这个词语的含义时，莉娜也忍不住笑了。

不过艾薇没有完全平静下来。

“你的团队里到底都有谁？”她挑衅地问。

莉娜立马收起笑容。

“朋友。”她简短地回答道。

“那你的朋友现在在做什么？”艾薇又追问，“他们还在叙利亚吗？”

莉娜突然站了起来。我的胃里一下子生出一种很不舒服的感觉，艾薇咬着她的下嘴唇，我们三个人都沉默了一阵。然后莉娜抖了抖身体，转换了话题。

“我想过了，”她宣布道，“关于外公。他非常可疑。”

艾薇和我抬头看向她。

“我觉得……”莉娜继续说道，“我觉得，外公陷入热恋了。”

我惊得说不出话来，艾薇也投来诧异的目光，但她很快就开始爆笑。

“瞎说！”她喊，“他都那么老了！老人才不会热恋呢。”

莉娜的嘴角出现一抹固执的表情。

“那又怎么解释煎土豆呢？”她挑衅地问艾薇，“它们超级威，你说过，这是热恋的信号。这就是证据！”

“这不能当真呀！”艾薇反驳说，“这不过是在开玩笑。”

莉娜可不会屈服。

“当他讲起那个头戴蝴蝶结的女孩时，他的眼神很奇怪。”

“头发上扎着蝴蝶结的康妮？这都过去几百年了！”艾薇反驳说，“那是二战后的事。那时候他可能喜欢她，但不至于现在还喜欢吧。”

我也想说些什么，毕竟艾薇和莉娜是在讨论我的外公，但她俩根本不给我插嘴的机会。

莉娜把鼻子扬得高高的。

“他或许和她见面了！一个巧合，这种情况也是存在的。或许她给他写了信，这也是有可能的。又或许……”

这对我来说过于“精彩”了。

“你们疯了吧！”我用我最大的音量喊道。这两个如同菜鸡互啄一般的家伙终于转向了我。“你们真是完全疯了！”在说上一句话时，我就注意到自己破音了。接着我转身跑开了。

我很庆幸，这次对话后艾薇和莉娜下午都没有时间做小队活动。艾薇要参加某个考试，而莉娜要陪她的父亲去办事处。

我终于可以安静地思考一下了。我坐在自己家中，房子和以往一样空荡荡的，一片寂静。艾薇带来的花已经开始垂下脑袋。我的脑海里却掀起了惊涛骇浪。外公真的恋爱了吗？我决定在明天的研究时间里，不管那两个“问号”评论些什么，我都要在电脑上查一查“夕阳恋”。这个想法让我放松了一些。正当我要去给自己做一杯巧克力饮料，好让自己在这个屋子里待得舒服一些时，我听到了楼梯间里的噪声。

“再也不能继续这样了，蕾娜特，真不行了！”这明显是外公的声音，只不过有些异样。这声音里充满恼怒，还有些无力和绝望。我搬了一张小板凳到大门前，从猫眼里朝外面偷窥。外婆和外公站在他们的房门前。外公一边试着开门，一边直摇头。

“你不能这么做，蕾娜特。这件事应该到此为止。”

外婆站在外公身边，她看起来好像没有在听他说话。我的脑瓜里一片混沌。这些奇怪的话到底意味着什么？什么事情应该结束？这一刻，我开始想念艾薇和莉娜——她们肯定能从这诡异的对话里找出一个头绪来。

我想继续偷听，但外公在这期间已经打开了门。他们两人进了屋，我只能不安地跳下凳子。

之后的时光依然不平静。正当我拿着巧克力饮料打算走回自己的房间时，我听到房门嗒嗒作响，吓得差点把杯子扔出去。会是谁呢？妈妈和爸爸总是要到六点半才到家，现在最多不过五点。我急忙四处观察着藏身处，但手上拿着满满一杯巧克力饮料，真的不容易啊！幸好，我听到了妈妈的声音。

“尼尔斯！你在吗？”

我大舒一口气，差点又因为放松让杯子脱手。我飞快钻进站在过道中的妈妈的怀抱里。但她只是短暂地摸摸我的头发，就解释道她马上要去对面的外公外婆那儿安排一些事情。

不到十分钟，门又开了（这次我受到的惊吓只有之前的一半那么多），爸爸把头探入我的房间说，他也要去外婆和外公那儿一会儿。

这“一会儿”可真是好久啊。那天，我不仅要自己做巧克力饮料，还得自己做晚饭。然后我就去睡觉了。当门在这天第三次嗒嗒作响时，我才醒过来。这一回我再也没有被吓到，因为我立刻认出妈妈和爸爸的嗓音，似乎还有什么奇怪的声音伴随着他们。这声音听起来好像是有什么重重的东西被放在了地板上。妈妈吸了几次鼻子，我好奇她是不是在哭。我把耳朵压在钥匙孔上，想要把那轻声细语听个真切。

“一切都会好的，”爸爸用安慰的声音说，“至少我们现在有了一个计划。”

妈妈没有回答，只是大声地擤了擤鼻子。

我对这一切都没有头绪。他们有什么计划？爸爸在走廊里放了什么？等到浴室里传来刷牙声，他们的卧室关上门，我才悄悄溜进了走廊。在衣帽间前，赫然放着外公外婆的电视机。

那一晚，我好久都睡不着。案件变得越发让人迷惑。“这样可不行……”“至少我们现在有了一个计划……”我们家走廊里的电视——这一切都意味着什么？面对一系列事件，我早就忘了自己还在生艾薇和莉娜的气——我希望能和她们讲述这一切。不然我们怎么是一个小队呢？！

在我终于入睡后，我又做起了奇怪的梦。我看到外公正咒骂电视机：“真的不能继续这样了。一切必须结束！”他说着就把电视机扔出了窗外。但电视机却没有着陆，而是像张飞毯一样，沿着大街飞去。外婆和莉娜坐在上面，空洞无神地笑着。突然，我们的街也不像是平时的街，而是像一条人们在电视里能看到的叙利亚的街，周围满是破败的房屋和灰尘。外婆也突然不再是外婆，她变成了一个戴着头巾的陌生女子。莉娜紧紧地贴着她，哭泣着。那个女人也流着泪，

然后她从飞行的电视上跳入下面的废墟中，只有莉娜还继续飞行着。

当闹钟在早晨响起时，我感到无比庆幸。

跟踪到老年人接待处

我本想着第二天一早案件就会变得明朗些，但我错了。面对我关于走廊里放着的电视的提问，爸爸不过是耸耸肩。

“外公不想要它了。”他打着哈欠说。

学校里的进展也不顺利。我根本没有机会对艾薇和莉娜讲述昨天下午发生的事。当我进入教室时，她们两人正和那两个“问号”站在角落里。然后皮特立马喊道：“他来了，他来了！”他的怪腔怪调显得他好像有一个超级重要的新发现。

艾薇和莉娜脸色阴沉地盯着皮特，这让她们看起来特别相似。

“别信他一个字！”艾薇喊道，“他们撒谎不打草稿！”

莉娜也猛地点头。

“不打草稿！”她重复道。她的眼中一如既往地闪过一道亮光，证明她又学到了一个巧妙的新表达。

苏菲在这时候挤向前。

“你外婆偷东西！”她大声而清晰地宣布。不光是我，班里其他所有人肯定都听到了。“就在昨天。在我爸爸开的超市里。”

我想说，我外婆一辈子都没偷过东西，这事绝对永远不可能发生。外婆还一直教导我“不能撒谎”“不能偷东西”之类的话。但这些话都卡在我的喉咙里。苏菲马上打开了连珠炮。

“还有你知道她偷了什么吗？”她恶毒地盯着我，“豌豆汤！这怎么可能是巧合！我爸爸说，他们连着好几周都买了豌豆汤罐头。他都来不及订货。你的外公外婆昨天吵架了，而且就在店里，吵得好大声，特别尴尬。然后你外婆干脆把豌豆汤罐头藏进大衣里，但人们都能看出来，这是我爸爸说的。当他向你外婆提起时，她只是说自己从电视里听到人们现在要囤东西作为应急物资。”

苏菲用手指点着额头，同时翻了一个白眼，皮特大笑起来。

“要我说，你外婆痴呆了，完全疯了！”

我呆若木鸡。经过这段时间，莉娜已经非常熟悉艾薇了。当艾薇喊出“你这个讨厌的撒谎精”并准备扑倒苏菲时，莉娜飞速抓住了她的手臂。

“当然！”苏菲摆出一副得意的表情——她确定自己会毫发无伤，因为施密特老师在这时进了教室——越发嚣张地变本加厉起来，“我们也会挖出真相——你外婆和这一切到底是怎么回事！研究豌豆汤，哈！我早就知道这里面一定有古怪！”

我两眼发黑。现在我们多此一举地还和这两个“问号”扯上了关系！而我甚至还没来得及告诉艾薇和莉娜前一日发生的事。我做了往日里绝对不敢做的事，我在小纸条上写道：“重要新发现！课间休息时小队会面。”

然后趁着施密特老师不注意，我把纸条推给莉娜，然后又传给艾薇。她俩一脸严肃地点点头。与此同时，我还从眼角注意到，皮特和苏菲也在观察我们。我其实早该想到，他们正策划着什么。

“他说‘到此为止’？”当我把昨天下午发生的事告诉莉娜和艾薇时，莉娜不敢置信地问。

我点点头。

“他把电视送走是一种惩罚，”艾薇思考后说，“因为有人偷东西，所以不准再看电视。这我懂。”

“我不明白为什么他要把电视送走，”我试着去解释，“总之电视现在在我家走廊里。”

艾薇和莉娜交换了一个眼神。我当然知道她们在想什么：一切线索都让外公显得可疑。他在计划着什么对外婆不利的事，因为他爱上别人了，或者是出于什么别的原因。

讨厌的是，我甚至也慢慢相信了！当我想到外公，我的肚子里就会出现一种奇怪的感觉。但妈妈和爸爸也参与其中，他们要处理些事……到底是什么事？

这些问题明显也正盘旋在艾薇脑中。

“你爸爸的计划到底是什么？”她思考道，“听起来，外婆好像应该受罚。”

“胡说！”我粗暴地回答。艾薇吃惊地看着我，因为平时只有她才会臭骂别人。但她对我的表现似乎并不反感。

“我们应该搜查外婆和外公的屋子！”她决定道，“找到线索，或者像你们那本讨厌的书里说的。”

“保存证据。”莉娜自发地修正道，“但要怎么做？外公外婆可不希望我们把东西翻个底朝天。”

“我们当然要秘密进行，”艾薇激动地说，“比如当他们去买东西的时候。”

莉娜惊慌地瞪大了眼。

“不行，”她喊道，“这是被禁止的，是……”她找着恰当的词汇，“是违法的！”

“那又怎么样？”艾薇耸了耸肩，“根本没人会注意。我们为了解开谜题，总得做点什么。”

在这一点上，我同意艾薇，尽管我对秘密潜入外公外婆家里翻东西的主意并不感到舒服。相反，莉娜疯狂地摇着头，以至于她的头发都飞了起来。

“违法的事不行！”她大声而坚定地说，“我不干。”

她撅起下嘴唇，皱起额头。

这下轮到我和艾薇面面相觑。莉娜怎么了？

出乎意料的是，艾薇退让了：“好吧。那我们就跟踪他们，这样总可以吧。”

我很疑惑这样又能有什么进展，外婆和外公除了买东西，哪儿也不会去——但我没再说什么，因为我受不了再吵一次架。于是我点点头问：“今天下午？”艾薇和莉娜也点了点头。

此时上课铃响了。我们急忙回到教室。那两个“问号”也紧跟着走了进来，上气不接下气的样子。我其实也该在这时注意到他们很可疑。

在那天下午我们终于知道了，侦探工作能有多无聊。我们在我家的走廊上晃来晃去，轮流通过猫眼观察外公外婆有没有出门。

终于，艾薇半压着声音喊道：“他们出现了！”

我们很快冲上去，都来不及穿上鞋和外套。正当艾薇和我打算奔出去时，莉娜拉回了我们。

“等一等，”她小声说，“等他们到楼下。我们可不能被看见！”

大家能一下就注意到，她比我和艾薇更有做侦探的经验了吧。我小心地望向窗外，直到外公外婆出现在街边，我们才飞奔下楼。

跟踪比我想象得难多了。外公外婆像蜗牛一般缓慢走着，艾薇跟得都要刹不住车了。我们不时需要快速躲进某个门洞里，因为外公外婆总是突然就停下，让我们差点踩上他们的后脚跟。幸好，他们并不会四处张望，不然他们很可能就注意到我们了。

“他们不是要去买东西，”莉娜对我们咬耳朵道，“没带袋子！”

“我觉得他们在找什么。”艾薇也小声说。

外婆手中确实拿着一张纸条，外公仔细研究着门牌，比如看看上面是不是写着牙医。

正当我思考着他俩到底要去哪里时，莉娜轻声喊：“小心！”我们又跳进一个门洞里。我从那里看到外公外婆打开了一幢房子的门，那上面挂着一块特别的门牌。

我一拍自己的脑门。

“他们一定是去找医生！”我低声道，“他们时不时因为外公的血压去看医生……”

等那扇门在外公外婆身后关上后，我就没了头绪，艾薇和莉娜则向入口冲去。莉娜读着门牌，她念出来的内容让我非常不舒服。

“老年人接待处。”莉娜一脸不解地站在那儿，“这是什么意思？”

我耸耸肩表示不清楚，但艾薇马上有了一个主意。

“可能是养老院，”她说，“它们为了隐藏自己到底是什么，有时候叫很奇怪的名字。我奶奶就住在所谓的卡萨·贝利西玛住宅区。”

我的心抽紧了一下，很想用手肘顶一顶艾薇的身侧。

“胡扯，”我生气地说，“外婆和外公为什么要进养老院？他们在家里待得好好的……”

我突然说不下去了。艾薇和莉娜交换了一个奇怪的眼神，那里面一半是同情，另一半似乎是想要告诉我一些我还无法理解的事。

艾薇开始吸气鼓起自己的脸颊，又慢慢地吐出空气，像她在作业爱尔克那里学到的那样。她什么都不说就是最糟糕的。因为这意味着，艾薇想说的事是如此可怕，连她自己也不能鼓足勇气说出来——尽管克制本不是她的强项。

我那被愤怒席卷的脑袋中闪过无数个想法。艾薇和莉娜所想的事再清楚不过：外公想把外婆送进养老院，因为一切不能再继续这样了，必须结束，所以他和爸爸妈妈商量好了。但是为什么？人不应该因为买太多豌豆汤罐头、看电视太久，就要进养老院啊！

我们三个人就这样沉默地站在“老年人接待处”门前。突然，旁边的门洞里钻出来那两个“问号”。

“你们怎么来了？”艾薇惊愕地问。

“你们还真是‘好侦探’，”苏菲讥讽地说，“这么容易就让人跟踪了！你们根本什么都没注意到！”

我觉得这不公平，当人们在忙着跟踪的时候，当然就不会留意到自己也被跟踪了。

“你们终于注意到外婆怎么样了？”苏菲窃笑着，继续说，“她就是疯了。”她一边说一边用手指点着额头。“她甚至已经去看‘神经病’医生了。今天上午你外公带她去了那里。这是我阿姨告诉我的，她在那儿做医疗助理。”

我感到腹中有一股怒火越烧越旺。它如此之盛，以至于我想马上对着苏菲的脸大喊，但我半个字也说不出来。我希望艾薇在面对这种情形时，能找到合适的话语，但不同寻常的是，艾薇盯着自己的脚尖什么也没说。莉娜也帮不上忙，虽然她带着怒火牢牢盯着苏菲和皮特，但她也始终沉默着。

苏菲还没有结束她想说的话。她把头往“老年人接待处”的方向一指。

“所以她现在才要进养老院。”

只此一句却足以烧坏我的理智。我之前说不出话，现在脑中也一片空白，但我感到内心有一股巨大的力量让我冲向前，我径直扑倒了苏菲，以至于她那讨厌的发型也乱成一团。我咬紧牙关扯着她的头发，想要打倒她。苏菲开始号叫，皮特立刻如同铅球一般挂到我的手臂上。他一边用尽力气猛踢我的小腿，一边尖声高喊：“打人啦，他打我们！”与此同时，苏菲已经恢复了平衡，她开始抓挠、撕咬我。我保证，如果没有人上来帮我，我一定看起来狼狈极了。

一开始我还不知道是谁在我身侧战斗，那里只是多了一双挥舞的胳膊和腿脚，但之后我看到了长长的黑发和闪着愤怒之光的双眼——是莉娜！

如果我有更多时间思考，我可能会对不是艾薇而是莉娜加入战局感到吃惊。但我没有思考的时间，因为一个响亮的声音穿透我的耳朵：“外公外婆出来了！快走！”

我们如同一团被神奇之手解开的乱麻，苏菲和皮特一溜烟儿跑了，当然他们也没忘记冲我们喊，一定会把这一切告诉自己的父母，我滚向了一边。我的小腿被踹得好痛，手背上也留下了流血的抓痕——这就是全部了。莉娜也没有受严重的伤，她四下张望着。

“外公外婆在哪儿？”她问。

艾薇骄傲地站在我们面前。

“他们还在里面，”她窃笑着说，“不管怎样，我必须要让你们这些蠢蛋停止打架。在大街上痛揍那两个‘问号’只会惹来麻烦。我们的麻烦已经够多了。”

当我刚想回答这对我来说已经无所谓了，莉娜轻声一“嘘”，把我们从地上叫了起来。我一抬头便知道了原因——外婆和外公正从“老年人接待处”的门内走出来。我心中的一块大石落了地。不管那两个“问号”说得对不对——现在还为时不晚，外婆还没有留在养老院里。

不安的夜晚

回家的路上，莉娜轻声抱怨着。

“我怎么能这样？”她满脸绝望的样子，“打架肯定是违法的。他们一定会告诉施密特老师。一定会有麻烦的！”

“不会那么糟糕的，”艾薇安慰道，“这会引来施密特老师的一些抱怨，可能还有惩罚作业，但肯定没那么可怕！”

莉娜对我们怒目而视：“你们知道什么！”她突然转开了头，倔强地看着前方。

我很想知道她是什么意思，但我不好意思问出口。莉娜有时候会流露出拒绝的眼神，让人不好开口。然后我看到了越发让我恐慌的场景：两滴泪水慢慢地从莉娜的眼角滚落，顺着脸颊流向了下巴。

我从没见过莉娜哭，更糟糕的是，她哭得悄无声息。她只是生气地看着前方，沉默着，任凭眼泪慢慢滑落下来。

到家时，艾薇立刻注意到有什么和平时不同。

“你们家也太乱了。”她偷笑着指向妈妈和爸爸放在走廊椅子上的夹克，他们的包也挡在路中间——他俩好像着急忙慌地回到了家。

莉娜也注意到了，她那泪汪汪的眼睛马上亮了。

“可疑！”她说。

爸爸妈妈显然还没注意到我们回家了。客厅里传来说话的声音，但没人出来迎接我们。

艾薇把手指放在嘴唇上，我们立刻明白了她的意思，溜向门口偷听。

大家很快就能猜出里面正在发生什么。妈妈在打电话，爸爸“嗯啊”附和着她说的话。为了听得更清楚，我把耳朵紧紧贴在锁眼上。一开始妈妈只是说着一些没有意义的话，比如“嗯，我懂了”或者“这听起来不错”，但之后出现了一句惊人的话，电话另一头的人明显问了什么，妈妈清楚而响亮地回答：“越快越好，最好我的母亲明天就能去。”

我睁大了双眼，艾薇和莉娜也失望地看着我。

那之后妈妈还说了“非常感谢”和“再见”，接着就传来了电话在被放回原位时发出的吱吱声。

“成功了，少了一份担忧，”妈妈说，“我去给我俩泡茶。”

当客厅门打开时，我们四散逃开。

“哎，你们怎么在这儿？”妈妈吃惊地问，但她似乎并不期待答案。她从我们身边走过，进了厨房，看起来很满意的样子。

我们飞速地溜进我的房间。

一关上门，艾薇就脱口而出道：“也就是说，外婆确定要去养老院。”

莉娜同情地看着我，而我真希望自己根本不相信艾薇说的话。但那句“最好我的母亲明天就能去”还有什么别的意思吗？

在这一刻，我知道我们必须行动起来。“拖延误事”，我常在吃晚饭时听到爸爸妈妈讨论什么法律案件时说到这句话。它的意思差不多就是，只要可以阻止更糟糕的事发生，人就能做一些不被允许的事。这句话在我们案件里的意思，自然不言而喻。

“我们必须搜查外公外婆的屋子，”我坚决地说，“如果我们足够迅速地解开豌豆汤的秘密，或许我们还能干预。”

“没错！”艾薇同意我说的话，“最好马上开始！”她准备站起来。

“但不是现在！”我抓着她的胳膊把她拉了回来，“等今晚大家都睡了。”

艾薇点点头。

“你说得对。那我在你家过夜。”

莉娜还什么都没说。她咬着自己的下嘴唇，呆呆地盯着地面。

艾薇催促地看着她。

“嗯？你不加入？”

莉娜无助地耸了耸肩。

“但这……”她的声音很轻。

“没错，没错，是违法的，我知道——”艾薇不耐烦地摇摇头，“你和你那讨厌的‘违法’。但这能有什么后果？我们最多会惹别人生一点儿气。这根本无所谓。”

莉娜的脸色随着艾薇的话变得苍白。这回轮到她盯着艾薇，她也不再压低声音。

“会有什么后果？被驱逐！人不可以做任何违法的事。一点儿都不可以！你们什么都不懂。什么都不懂！”

说完她眼中飙出泪水，紧接着她跑出了房间。

我坐在那儿，仿佛遭受了五雷轰顶，艾薇也呆在了原地。顷刻后，我听到房门关上的声音。

“大笨牛。”艾薇喃喃道，但她额头上因生气而产生的皱纹正颤抖着，让我搞不清楚，她究竟是愤怒还是伤心。

我头脑中的一切又一次混乱了。被驱逐不就意味着，一个人不被允许继续待在德国，而要被送回他的家乡，不管那里正发生着什么吗？这会发生在莉娜身上吗？只因为一次小小的打架和一次未经允许的房屋搜查？我正想问问艾薇，但妈妈在这时走进了房间。

“你还在这儿呀，”她面朝艾薇说道，“你想在这儿过夜吗？我要给你的父母打电话吗？”

艾薇和我面面相觑。这算是歪打正着，这样我们就不需要去说服谁了。

“当然乐意，”艾薇用她甜甜的嗓音回答道，“您也一定能分我一支多余的牙刷吧？”

幸运的是，这一晚，爸爸妈妈几乎都在外公外婆那儿。更幸运的是，他们把手机忘在了家里。随着一个又一个来电，不是这只手机就是那只手机响个不停，我们在屏幕上看到了几次“施密特—学校”这个名字。

“一定是因为打架。”艾薇说。要在平时我一定早吓破了胆，但今天我们有更紧急的问题要处理。

晚饭后我们去睡觉。艾薇觉得，我们在深夜的大冒险开始前应该先休息一会儿。我把闹钟设在了十二点，可惜我无法入眠。千万个画面在我脑中回旋：苏菲带着她那卑鄙的笑容指责外婆偷豌豆汤罐头，我们三人站在“老年人接待处”的门口，苏菲说着关于精神科医生的事，我扑到苏菲身上，最后还有面色苍白、眼中含着泪跑出房间的莉娜。在这所有混乱的画面中总出现各种疑团：我们怎么才能救外婆？我们要在房里找什么？终于我忍不住了。

“艾薇？”我小心翼翼地问，“到底什么是‘保存证据’？”

我以为艾薇早就知道答案，但她出乎意料地沉默了好一阵子。

“我不知道，”她最终生硬地承认道，“其实只有莉娜提过这一点，我根本没有仔细听。”

那之后我听到一声深深的叹息。

“真麻烦，她不在这里。”她最后说。

艾薇抽噎了几下，就像人在哭泣时那样，但这不太可能吧，因为艾薇从来不哭。

我很清楚她脑中在想什么，因为我脑中也在想着同样的事：艾薇说的话——“讨厌的‘违法’”——听起来很刻薄；莉娜离开时看起来十分绝望，好像我们什么都不明白——事实也确实如此；我们本来是一个所有事都一起行动的侦探小队，并且……

就在这时我听到啪的一声，吓得差点摔下床。

“艾薇！入室抢劫！”我小声说。

“胡说，”艾薇在床垫上咕哝着，“他们才不会用石头砸窗户玻璃呢。”

接着我又听到了扑簌扑簌的声音。艾薇小心翼翼地摸索着走向窗户。我急忙爬下床。当艾薇抓到窗帘时，又传来了啪的一声。这一次我非常确定，确实有人在朝我们的窗户玻璃扔东西。

艾薇拉开窗帘，谨慎地窥探着外面。外面什么也看不见。我们下面只有一条漆黑的街道。

“我打开窗户，”艾薇对我耳语道，“或许这样就能看清了。”

“别，艾薇！”我惊慌而小声地说，尽管我并不知道自己的恐惧究竟从何而来。但为时已晚，艾薇一下打开了窗户，趴在窗台上探出身去。

我脑中又闪过许许多多的画面：是那两个前来报复的“问号”吗？是入室抢劫吗？僵尸？一切都无法预料！

这时，又一颗小石子擦着艾薇的头飞进了我的房间，同时从下面传来一个带着怒气、半压着嗓的声音：“快让我进去，你们这些傻瓜！外面好冷！”

不是僵尸！

是莉娜！

真是太幸运了，还好莉娜不是五分钟后才想到要来找我们——那样我们就会在走廊上和爸爸妈妈撞个正着。正当我们放莉娜进来，并一起偷偷溜回我的房间时，房门咔嗒响了，走廊里传来爸爸妈妈的声音。

“我去看看孩子们。”爸爸说。

我们惊慌地面面相觑。

艾薇拉着莉娜躲进了她的被子下面。我也如闪电般跳回自己的床上。一切都发生在门开的一刹那。爸爸妈妈进来了。

“真安静，”妈妈俯下身看我们，“还好尼尔斯对这场闹剧一无所知。”她深深叹了一口气。

“现在一切都处理好了，”爸爸说，“你也别抱怨了。我们现在可以去睡觉了。”

妈妈又叹了一口气，然后我听到了房间门关上的声音。

我们在被子下面静悄悄地待了几秒钟。我听见艾薇和莉娜睡的床垫沙沙作响。

她俩现在面对面坐着，脸上都挂着尴尬的傻笑，好像两个不情不愿却互相打了架的人。

“真好，”艾薇喃喃地说，“就……你也在这……”

莉娜点点头。

“你们需要我，”她说，“找线索。我们是一个小队——我们要一起做所有事！”她沉默了一阵，而下一句话好像花费了她很大的力气——“会没事的。”

艾薇站起身来。

“相信我，”她用从胸腔发出的声音坚定地说，“谁要是

想赶走你，必须先过我这关！”

随着这话，艾薇抓紧莉娜的手把她拉了起来，说道：“现在出发！”

采取行动！

在爸爸妈妈的房间彻底安静后，我们每个人都随身装好一只手电筒，悄悄溜出了房门。在出门前，我顺手拿走了妈妈的钥匙串。妈妈和爸爸有隔壁公寓的钥匙——不到万不得已，我们当然不想按门铃！

莉娜踮脚向前走着。她把耳朵贴在外公外婆的房门上，然后招手唤我过去开锁。刚踏进屋内，我一下没忍住，发出了一声噢。罐头已经堆到了走廊里——上一次拜访时，还不是这个光景。

莉娜用手电筒照亮了置物架，摇摇头说："进客厅！"

她谨慎地打开了客厅门。这里也早已变成罐头的天地。但它们对我来说都一样——我们要拿这成堆的豌豆汤罐头怎么是好？

艾薇似乎也在想着同样的事。她动力满满地走向书架，随手取出一本书抖了抖。我确信她肯定在电视上看到过这一幕。莉娜打手势拒绝这样做。

“别，”她轻声说，“我们得思考下。”她充满戏剧性地张开双臂，穿过房间。

“秘密藏在哪儿？”

我看着四周，没有什么神秘的物品，因为外公外婆总是允许我们检查所有的东西：他们的书、放着精致餐具的玻璃柜，外公甚至有一次还向我们展示了他存放救急钱的地方。我让视线继续飘荡，飘过沙发、座椅，到达客厅的桌子上——那里有东西引起了我的注意！

“衣服，”我轻声说，“它们去哪儿了？”

我的小兔子前天还坐在上面，但桌上至少现在已经没有那一大堆东西了。莉娜认可地看着我的方向。艾薇急匆匆地在房间内穿来穿去，照亮每个角落。

我正想建议按计划行事，艾薇在那头压低声音喊出了声。

“快看！”她把什么东西从沙发下面拉了出来。那个应急行李箱！当然是它——外公为了放衣服把它从地下室拿了出来。我们围着箱子蹲成一圈，我试图打开箱盖，却没成功。我拽拉它，摇晃它，直到莉娜撞了一下我的身侧，她指着那个密码锁，是它锁住了箱子。我失望地坐了回去，但艾薇眸光一闪。

“秘密总是藏在关上的门后面。”她小声而夸张地说，同时开始转动数字轮盘。突然，她又停下来说道：“莉娜，你最好别看，尼尔斯和我来完成这件事！”

莉娜轻轻闭上眼睛。想来也是，我们到了“违法”的新境界。

“会是什么呢？”艾薇转向我求助，“说说你的生日什么的……”

我们尝试了所有人的生日：外婆的、外公的、我的、妈妈和爸爸的——锁都没有被打开。我甚至想到了外公外婆的结婚日期，但这也不是答案。

我筋疲力尽地向后靠去，艾薇开始疯狂地转动轮盘。这不可能是真的。幸运真的在我们离目标一步之遥时，离开我们了吗？我的脑中突然闪过一个想法。

“试试11月11日，”我说，“你还记得吗？外婆的幸运日！”

艾薇耸一耸肩，把四个轮盘都转到了数字“1”。箱锁咔嗒一声打开了。

莉娜立马睁大了双眼。我们一同抬起了箱盖。我说不出自己在期待什么，但对于侦探工作来说，里面的内容真是令人失望。箱子里只是一些和几日前堆在客厅桌子上的东西一样乏善可陈的物品：不同大小的保暖衣物，还有一些家居用品和羊毛毯。

“他们要去滑雪度假吗？”当我拉出第三条长筒打底裤时，艾薇疑惑地问。

“还带着一个煎锅？”我摇摇头，“为什么我的东西也在里面？还有爸爸妈妈的东西……我们所有人都不会滑雪。”

艾薇果断地开始继续搜寻，另一边莉娜若有所思地看着那些保暖物品。

“这里还有些别的东西！”艾薇在我鼻子前弹着一沓纸，“读读！”

莉娜用手电筒照亮那些文件，好让我检查。

“外婆的出生证明，”我念完第一行就说道，“还有外公的……还有妈妈的……还有我的。这些有什么用？”

“还有呢！”艾薇又把五本护照扔在我的双脚前。我根本不需要看就知道它们都属于谁。我慢慢感到，这秘密变得越来越错综复杂。就算外婆突然要住院几天，她也用不到自己的出生证明呀，更不需要我的！我看着莉娜的方向，因为她才是我们之中最有经验的侦探。但莉娜只是安静地咬着自己的下嘴唇，什么也没说。

与此同时，艾薇正把箱子翻个底朝天，突然她轻声爆发出胜利的呼喊。

“快看！我还从来没在外公外婆那儿见过这个！”

她挥动着一本小小的棕色相册。这相册不比钱包大多少。事实上，尽管我已经和外公外婆一起看了上百次他们的相册，但我还从未看过这一本。

我不知道我们该怎么办，但至少它比保暖衣物和出生证明要有趣些。我们弯腰凑在一起，开始翻查那些照片。

很幸运，给相册题字的人有着很工整的笔记。第一张照片下方写着“小蕾娜特 1935 年”。我必须承认，我从没想过外婆曾经是这么可爱的小婴儿！小小的、胖胖的她躺在一张熊皮上，腿脚乱蹬着。越往后翻，“蕾娜特”越长越大：她在花园里爬来爬去；她鼓着腮帮子、盯着蒲公英；她怀抱着泰迪熊，笑呵呵地坐在圣诞树下；她小心翼翼地抚摩着一只山羊。一切都稀松平常。

“如果她不是穿着这么难看的花边连衣裙，人们会觉得这就是现在的照片。”艾薇的话听起来格外引人深思。莉娜点点头。

相片在“1944 年的圣诞节”处戛然而止，剩下的只有空白页。

“好遗憾，”莉娜说，“都是很美的照片。”

“只可惜它们不能解释任何事，”艾薇抱怨说，“拿来！”她从我手中一把夺走了相册，要把它塞回箱子里去。

谁承想，艾薇那粗鲁的行径竟然还能带来意外之喜。这次真有收获——若她没有拉扯相册，这张照片肯定不会滑出来。它被夹在最后一页和相册封底之间，因而之前未被我们发现。

恰恰是这张照片让我们对谜底有了眉目！

乍一看，这张照片也没什么特别之处。照片上，一个瘦弱的女孩站在家门口。她看起来也很平常，唯一特别的一点是她的头上戴着一个大大的蝴蝶结。

“这是那个难民女孩！”我惊呼道。艾薇也捶着地板，压低声音喊：“康妮！”

许多想法又重新开始在我脑海中盘旋。为什么这张照片在外婆的应急行李箱中？头戴蝴蝶结的康妮曾经住在外公家里，如果他真的爱上过她，外婆肯定不会把她的照片放进自己的箱子里。

“我不明白。”我说道。

奇怪的是，莉娜之前一直不动声色，现在她从地上拾起照片并翻了个面，然后说：“我懂了。”

她把照片递给我们，好让艾薇和我看看背面的笔迹，那上面写着“小蕾娜特 1945 年”。

片刻死寂后，真正的“地狱”来临了。并不是因为艾薇那著名的暴怒让外公外婆舒适的客厅变为地狱，而是因为我们抢着看照片时的推搡，让豌豆汤罐头山崩塌了——要命的轰隆声席卷了上好的地板。

你根本不能想象豌豆汤罐头能制造出多大的噪声。莉娜、艾薇和我瘫坐在那儿，听着房间内无数的罐头四散滚落，发出“山崩”时的巨响。

突然，灯亮了。

在眼睛终于适应光线后，我看到了无比滑稽的一幕。外公穿着条纹睡衣站在卧室前，一脸不解地看着客厅里的“罐

头洪水”。通向客厅的走廊门边站着妈妈和爸爸——爸爸裹着妈妈的那件粉色晨袍，妈妈则穿着一件白色蕾丝睡衣，她一定冻坏了。

“见鬼了……”爸爸刚想开口，却没能把话说完。因为艾薇如同闪电般跃起，挡在了莉娜身前。

“这一切都和莉娜没有关系，是我们逼她的！”艾薇直视着爸爸的方向，如同一条好斗的杜宾犬，“她没有打开箱子，甚至没看里面有什么！”

莉娜确实一副脸色苍白、十分胆怯的样子。这让我猛然想起“违法”会带来的痛苦。于是我也急忙附和艾薇。

“没错！我们也没有破门而入，所以这不是违法的！”我晃了晃钥匙，“这是紧急情况。拖延无疑会误事！”

爸爸看起来好像在隐隐憋笑：“好吧，那我们先不考虑叫警察，”他干巴巴地说道，“但你们得给我好好解释下，我的小大人儿们！”

罐头间的谈话

如果爸爸以为用这套大人的说辞就能吓到人，那他可太不了解艾薇了。

“你想要解释？”她放肆地来回挥动着照片。

“你会得到的！但我也要一个解释！而且要是一个真正的解释！这张康妮的照片为什么在外婆的箱子里？为什么上面写着‘小蕾娜特’？外婆到底在哪儿？她现在已经在养老院里，还是在别的地方？我以为，她明天才该……”

说到这儿，她不得不停下来换一口气。这样也好，因为爸爸一脸疑惑的样子，他肯定也需要喘口气。不光是他，我也需要，因为我确实随着艾薇的话才注意到，尽管豌豆汤罐头“山崩”就发生在外婆的卧室前，但她却不在这儿。我以求助的眼神朝妈妈的方向望去，但她和爸爸一样目瞪口呆。

唯一一个看着对一切了然于心的人是外公。他穿着条纹睡衣站在那儿，笑得慈祥，并用他最柔软的声音说："好吧，小娃儿们，我建议大家都找个舒服的位置坐下来，我来解释清楚所有事情。"

令人意外的是，在罐头中间也能找到舒适的地方。外公、妈妈和爸爸坐在沙发上，而艾薇、莉娜和我用豌豆汤罐头搭起一张长椅，面对着坐在沙发椅上的外公。

外公深深吸了一口气。

"在那么多问题之中，我应该从哪个开始回答呢？"他挠挠自己的头。"也许最好按顺序来？"然后外公讲道，照片上的人确实是那个难民女孩，不过虽然她头戴蝴蝶结，但却不叫康妮，而叫蕾娜特。

"她的妈妈叫她'小蕾娜特'，虽然她不喜欢这个名字，一直都不喜欢。"

"也就是说，她确实……我是说，她确实……"我的困惑既复杂又简单，我开始语无伦次。好在即便如此，外公也听懂了。

"照片上的人就是你的外婆。从她和她的家人搬入我们家开始，我们已经认识很长时间了。我很快就爱上了她……”外公的眼眶湿润了。我很害怕他会哭。

“我们根本不想知道这些事，”艾薇打断了外公的思绪，“外婆现在在哪儿？”

外公用手指了指卧室门说：“她在睡觉呢。”

“这么吵也能睡？”莉娜第一次开口了。在爸爸说过不会叫警察之后，她的脸色明显放松了。

“医生给她开了安眠药，好让她能好好休息一下。确实不能继续这样下去了，一周一周过去，她几乎无法入眠。”

艾薇、莉娜和我面面相觑。我们对此一无所知。

“她为什么睡不着？”我小心地问。

外公叹了一口气：“因为她害怕。你们也注意到了，她通过电视看见那些可怕的事情——袭击、战争和逃亡，还有那么多死亡。新闻里的傻瓜还说，我们应该开始储备食物，当时她就认为这里不再安全，并且……”

我听得一知半解，就打断了外公：“什么食物？哪个傻瓜？”

这时爸爸也掺和进来。

“傻瓜自然是那……那……那个内政部长。”他先是用责怪的眼神看着外公的方向，然后又看向我。“内政部长说，危险局势不明朗，因而建议民众应该储备一些食物。”当爸爸用他那些法律词汇时，一切一如既往地听起来很浮夸。而

当艾薇插话时，爸爸看起来有些气恼。

“他真的下令让所有人都买很多豌豆汤罐头吗？呃，那不管他是哪个部长，他可真是一个大傻瓜！”

“不一定是豌豆汤，”外公接过了话头，“他肯定不希望人们像外婆之前做的那样，囤买这么多物资。”

“那外婆为什么这么做？”莉娜问道。

这个问题也悬在我的心上。毕竟不是每一个听了电视里部长发言的人，都会买来成堆的豌豆汤罐头！

外公疲惫地笑了笑。

“因为在外婆还是个孩子的时候，她亲身经历过这一切，战争、逃亡，特别是饥饿。在战争末期，她在自己的家乡东普鲁士地区经历了可怕的饥荒，后来逃亡的路上自然也不能幸免。人一辈子也忘不了这样的经历。这一次她希望准备得更充分些——但不管我们买了多少，她都觉得不够。”外公先指指墙边的罐头山，又指指角落里半开着的箱子。“我总是跟她说，我们不需要逃亡，但她仍然打包了行李。当时她离开自己的家乡，甚至没有机会收拾自己重要的物品。她有时候会提到，她把自己的毛绒玩具落下了，那是一只叫奥斯卡的泰迪熊。她也没有足够的保暖衣物，而且……”

如果不是这时妈妈把手放在外公的手臂上拦住了他，他一定还会继续说下去。

“我相信，你们现在知道得够多了。”她的声音听起来很柔和，就像在那些我生病的日子里，她请假来整日照顾我时一样。“我们先送你们回去继续睡觉。我们在这儿还有些事要处理。”她一边说着，一边陪着外公走进卧室。

当外公再一次转向我们时，他看起来好像刚打了一场仗，或者从哪里逃亡回来，又或者经过了一次长途旅行——我说不出个所以然。尽管如此，他还是笑着冲我们眨眨眼。

“晚安，小娃儿们，还有别忘了，船到桥头自然直。”

在家里，妈妈给我们煮了热巧克力，在此期间，爸爸给莉娜的父亲打了电话，让他不用担心。我不清楚他们谈了些什么，更不知道他们用什么语言交谈，但不管怎样，不需要莉娜的参与，一切都很顺利。

我根本不知道妈妈也会做这么好喝的巧克力。当我跟她说起时，她笑了。

“是外婆的配方。”她说着又给我们的杯中添上，“巧克力对心情好。我小时候伤心时，外婆总是这么说。”

“你知道这一切吗？”我问道，“就是……外婆一样是逃难过来的，就像……”

我本想说“就像莉娜”，但是话出口的瞬间，我咬到了自己的舌头。

妈妈侧着头，思考着。

“我知道，但我并不清楚这对她意味着什么。”她最后慢慢地说道，“外婆从来没提过这些事。她说过在东普鲁士度过的童年，但没说过关于……关于逃亡的事。外公隐约知道她经历了什么，但……”

我早就注意到，艾薇在她的椅子上不安地扭来扭去。尽管巧克力非常美味，但还是堵不住她的嘴。

她不由自主地说：“一切说得都很好，但我们还没有谈到最重要的一点，为什么外婆要去养老院？”

妈妈瞪大了眼睛，呛了一口巧克力。爸爸拍着她的背，但仍有不少巧克力洒在厨房里。当妈妈伴随着爸爸的拍打而剧烈咳嗽时，我们三人急忙用纸巾把地上的巧克力擦干净。

慢慢地，妈妈恢复了呼吸，她问：“进养老院？你们怎么想到这个的？”

我们向她和盘托出：关于“老年人接待处”，那两个“问号”，以及外婆要进养老院可能意味着什么。

“就算外公没有恋爱吧，”艾薇对我们的报告总结道，“至少不是爱上了康妮，或者其实就是康妮，只不过康妮就是外婆……好吧。”艾薇终于注意到妈妈十分困惑的目光，她例外地闭嘴了。妈妈没有马上说什么，艾薇却又有了新想法："除此之外，您还在电话里说，外婆明天要搬进养老院，否则都是徒劳。我们都听见了！"

妈妈一直没说话，爸爸却开始偷笑。

"事情已经发展成这样啦，在自己家里被自己的儿子监听。人们还在讨论保护隐私呢……"

这一次在他继续唠唠叨叨之前，莉娜插进对话说："那养老院怎么办？"

妈妈恢复了平静，可以回答我们的问题了。"不进养老院，"她摇着头解释道，"都是误会。那个'老年人接待处'是给老年人提供帮助的地方。"

"那他们应该写清楚呀，"艾薇抱怨道，"'老年人接待处'，这谁能看懂。"

"那里有一个流亡老人组成的团体，"妈妈不受打扰地继续说，"他们可以相互交谈。有些人写自己的回忆录，好让他们的孩子和孙辈了解到自己都经历过什么。许多人——都像外婆一样——从未开口说起过自己的往事。医生建议我们让外婆去那里登记，所以我和那个团体的负责人打了电话。"

"是开安眠药的医生吗？"我问。

“是‘神经病’医生吗？”艾薇问。

爸爸看起来又有些气恼，就像他回答关于“傻瓜部长”的问题时一样。

“是精神科医生。他给我们推荐了各种帮助外婆的方法，其中就有这个团体。”

“总有办法能行得通，”妈妈坚定地说，“一定。”

她说这话时的嗓音好令人安心，就像在说，我是大人，我知道该怎么办。我感到长时间在胃中悬着的一团恐惧一下子就解开了，散去了。在这一刻，一阵如铅球般沉重的疲惫席卷了我。我也好像刚打完一场仗，或者刚从长途旅行中归来一样，根本无法抑制——我的嘴里冒出了一个大大的哈欠，艾薇和莉娜也跟着哈欠连天。

当妈妈和爸爸听到我们此起彼伏的哈欠声，都笑了。

“这肯定是个信号，”爸爸站起身，“快去睡觉吧，我的小大人儿们，现在已经三点半了。”

没人反抗，我们没有刷牙，径直摇晃地走进了房间。妈妈和爸爸又挪了一张床垫放在地上艾薇睡的床垫旁。我们和衣倒在床垫上。我疲惫得都没力气爬上自己的床，而且躺在艾薇和莉娜中间很舒服。

但就在我快进入梦乡前，艾薇突然起身隔着我捅了捅莉娜的身侧。

“莉娜，”她急切地低声唤道，“你的逃难……你可不能像外婆！我再不想看到豌豆汤了！”

“你最好直接一起跟着去找那个‘老年人接待处’的团体，”我嘟囔道，“九岁已经很老了！”

然后我和艾薇一齐窃笑起来。

莉娜也直起身，咧嘴笑着。

“别担心，孩子们，”她说，“船到桥头自然直！”

船到桥头
自然直!

后记

不只是读者们，作者也想知道，自己的主角在故事结束后还会有怎样的发展。

豌豆汤侦探团回到了他们的小队集合点吗？外婆恢复健康了吗？又可以给他们三个人烹饪美味的午餐了吗？又或者他们以后都要勉强吃加热后的豌豆汤罐头？莉娜的母亲可以来德国和家人团聚吗？艾薇什么时候会停止用手肘攻击别人的肋下？

目前我对这些问题都没有答案，因为故事的结局要故事本身说了算。我也没有别的选择，只能相信外公和莉娜那充满智慧的言语是对的。

——里克·帕特瓦德汉